读客外国小说文库

激发个人成长

万能管家吉夫斯

5 伍斯特家训

[英] P. G. 伍德豪斯 著
王林园 译

P. G. WODEHOUSE
THE CODE OF THE WOOSTERS

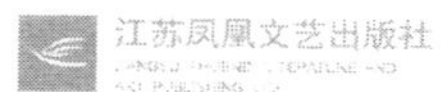

THE CODE OF THE WOOSTERS

P.G. WODEHOUSE

目 录

第一章

我隔着毯子伸出手，按铃叫来吉夫斯。

“晚上好，吉夫斯。”

“是早上好，少爷。”

我吃了一惊。

“天已经亮了？”

“是的，少爷。”

“没搞错吧？看着外面还黑乎乎的。”

“少爷，外面起雾了。少爷记得的话，现在已经入秋了，正是‘雾气洋溢、果实圆熟’的季节[1]。”

“什么季节？”

“雾气洋溢，少爷，果实圆熟。”

“哦？啊，对对，懂了。嗯，就算是吧，你那个提神剂给我来一杯，好不好？”

“已经备好了，少爷，在冰箱里冰着。”

他倏忽一闪就不见了。我坐起身，有种偶尔浮现的那种不舒

1　出自济慈（1975—1821）的《秋颂》（*To Autumn*，1820），穆旦译。

服感，就像自己不出五分钟就要毙命似的。昨天晚上，我在螽斯俱乐部里请果丝·粉克-诺透吃饭，为他饯行，他马上要同沃特金·巴塞特爵士（大英帝国二等勋爵）的独生女儿玛德琳喜结连理。这种事儿呢，总是要产生一定后果的。不错，吉夫斯进屋之前，我正梦见有个恶棍往我脑袋里钉橛子，而且钉的还不是像基尼人希百之妻雅亿[1]用的那种普通橛子，而是烧得通红的橛子。

吉夫斯端着还魂剂走进来，我咕咚咚灌进喉咙，初有略略不适之感——喝下吉夫斯的专利续命饮之后这种感觉总是少不了的：头盖骨朝天棚飞升，眼珠子从眼窝里弹出去，又像回力球似的从对面墙上弹回来；这下舒服多了。不过，要说伯特伦现在恢复到了最佳比赛状态，那还是有点牵强，不过至少是恢复了点儿元气，有精神说会儿话了。

“哈！”我接住眼珠子装回原位，“哎，吉夫斯，这大千世界有什么新消息？你拿的是报纸吧？”

“不，少爷。这是旅行社的一些读物，我想少爷可能乐意扫一眼。”

“哦，”我说，“你这么觉着是吧？”

接下来是片刻的沉默，好像孕育着什么——这个词好像没用错吧。

这么说吧。拥有钢铁般意志的两位男士整天抬头不见低头见的，偶尔爆发些小摩擦在所难免，而最近伍斯特府上就爆发了一桩。吉夫斯想叫我去参加什么环游世界的邮轮之旅，我断不同意。可是虽然我坚决予以否定，但是他没有一天不给我弄那么一

1　出自《旧约·士师记》，基尼人希百之妻雅亿趁迦南王耶宾的军长西西拉熟睡时，取帐篷的橛子钉入其鬓边。

两束或者一两把折页插图宣传册，都是那些个宣传“啊，广阔大自然”的家伙散发来招揽顾客的。总之，吉夫斯的做法让人不由自主地想到锲而不舍的猎狗，坚持叼一只死耗子摆在客厅地毯上，丝毫不管主人家如何用言语、手势孜孜教诲，说明死耗子这会儿不时兴，其实嘛从来都不时兴。

“吉夫斯，”我说道，“以后不许拿这事儿烦我了。”

“旅行极有教育意义，少爷。”

“我不能再受教育了，多年前就受够啦。吉夫斯，我知道你是怎么回事。你那点儿维京海盗的血统又出来作祟了，渴望去呼吸点儿咸咸的海风，幻想着自个儿在船头甲板上散步。也可能谁跟你念叨过巴厘岛的舞女来着。我都懂，我很理解。但是不行。我拒绝把自己关进该死的远洋船里，被拖着满世界跑。”

“遵命，少爷。”

他的语气里有一点儿那什么，我感到他就算不是心中不快，也远远说不上心中大快，因此便机智地转开了话题。

“哎，吉夫斯，话说昨天晚上喝得可真尽兴。”

“果然，少爷？”

“嗯，可不是。大家都高兴着呢。果丝还向你问好。”

“多谢粉克-诺透先生惦记着。相信他兴致很高？”

“高得不得了。要说他可是大限将至，马上要改口管沃特金·巴塞特爵士叫岳父啦。不过他叫总好过我叫，吉夫斯，他叫总好过我叫呀。”

这话是有感而发。至于原因呢，容我解释一下。几个月前，庆祝牛剑赛艇那天晚上[1]，我想给警察和其头上警盔分家，结果不幸栽在了法律手里。在拘留所的木板床上睡睡醒醒地过了一夜，第二天就被带到勃舍街法庭，重罚了五镑银子。那位裁判官给我判了这么个惨无人道的刑罚不说，还在法官席上加了不少侮辱人格的按语。要说这位裁判官不是别人，正是巴塞特老爹，果丝那位未婚妻的父亲。

事后我了解到，我可以说是他最后的一批客户了。没过几个星期，他就从某个远房亲戚那里继承了一大笔款子，然后就退休搬到了乡下。这个嘛，至少是官方说法。我私下以为，他有今天全是仗着贴膏药似的贴着罚款不放。这儿五镑那儿五镑的，可想而知这么些年来攒了多少。

“那位暴脾气你总不会忘了吧，吉夫斯？不好对付啊，嗯？”

“或许沃特金爵士在生活中并非如此令人生畏，少爷。”

“不见得。不管搁在哪儿，地狱之犬永远是地狱之犬。咱们别说这巴塞特了。今天有信没有？”

“没有，少爷。”

“电话通信呢？”

“有一通，少爷。是特拉弗斯夫人打来的。”

“达丽姑妈？这么说她上城里来了？”

“是，少爷。夫人表示希望少爷尽早回话。”

“我有个更妙的主意，”我热情地说，“我亲自去见她。”

半小时后，我就信步踏上了她府宅的台阶。管家赛平思给我

1 牛津与剑桥大学的传统赛艇比赛，于每年三月末或四月初的周末在泰晤士河上举行。

开了门。此时此刻，我怎会想到，跨过这道门槛后，再不出迅雷不及掩耳之势的工夫，我就要卷入一场纠葛，伍斯特的神魂将要经历前所罕有的考验。我所指的这场险恶风波涉及果丝·粉克-诺透、玛德琳·巴塞特、巴塞特老爹、史呆·宾、哈·“没品哥”·品克牧师、一只十八世纪的奶牛盅以及一本棕色的皮面小本子。

不过，进门的这会儿，我对这场临头的大难还全然不觉，平静的心湖上也不曾笼罩上一丝乌云。此时，我正憧憬着和达丽姑妈小聚。以前大概也提过，达丽姑妈是我所尊敬的好姑妈，万万不可混同于我那位阿加莎姑妈——她可是吃碎玻璃瓶子、浑身罩着带刺铁丝的人。和达丽姑妈东拉西扯，不仅是智力上的享受，此外还有一个叫人翘首以盼的前景，那就是八成能哄她留我用午饭。达丽姑妈家的法国厨子阿纳托手艺精湛超群，因此能扑进她府上的食槽一向是对美食家的诱惑。

我穿过厅堂，看到晨室的房门敞开着，只见汤姆叔叔正在倒腾他那些银器收藏品。有那么一小会儿，我琢磨着要不要过去打声招呼，问候一下他的消化近况——这个毛病叫他深受其害。不过理智很快占了上风。我这位叔叔一见到侄子就要拉着不放，滔滔不绝地谈论什么壁饰烛台啦、叶形装饰啦，不用说还有涡卷雕饰、环饰圆形深浮雕、串珠缘饰什么的。因此我认为，还是缄口为妙，于是便一语不发地过门不入，直奔书房而去——刚才听下人说达丽姑妈正窝在那儿。

只见我这位老亲戚正埋首校样，只露出一头波浪卷儿。众所周知，我这个和蔼可亲、人见人爱的姑妈操持着一份周刊，也就是有教养、高品位的女性阅读品《香闺》。我还曾撰文一篇，题为《有品位的男士怎么穿》。

她闻声抬起头来，见猎心喜般地发出一声“哟嗬”。想当年在狩猎场上，就是这一嗓子，让她扬名于阔恩、派齐利和跟英国狐狸过不去的诸大猎场。

“嘿，丑八怪，”她开口，“什么风把你吹来了？”

“老姑妈，听说你有话要吩咐。”

“我可没叫你突然闯进来打扰我的正经事。打个电话不就得了？估计你有预感，知道我今天忙不开。”

“你是想问我能不能来吃午饭的吧？不用担心，我很乐意，一向如此。阿纳托给咱们准备了什么呀？”

“反正不是给你准备的，你个小馋虫。今天中午我约了小说家波摩娜·格林德尔来用饭。”

“我很乐意见见她。”

“哼，你见不到。今天这事儿只有我和她两个人面谈。我想请她给《香闺》写个连载。至于我找你呢，是叫你去布朗普顿路的一家古董店——过了小礼拜堂就是，很好找。我要你去古董店鄙视一只奶牛盅。”

我没听懂，心里只觉着面前这位姑妈正在胡言乱语。

“去什么做什么？”

“店里有一只十八世纪的奶牛形的奶盅，汤姆今天下午要去买。”

我顿时眼前一亮。

“啊，是件银器是吧？”

“对，奶油壶一类的玩意儿。你去店里叫他们拿出来给你瞧，然后对着那东西表示轻蔑。”

“目的何在？”

“当然是弄得他们心里没底啦，笨蛋。好让他们疑惑、心虚，然后才好砍下一点价钱。买得便宜，汤姆心里就高兴。我要他保持好心情，因为要是能签下这位格林德尔写连载，那我可得叫汤姆出一小笔血本。这些畅销女作家漫天要价，真是罪过。好了，马上给我赶过去，对那玩意儿摇头吧。”

我对好姑妈们一向言听计从，但是此刻我不得不表示吉夫斯所说的nolle prosequi[1]。虽然吉夫斯的醒神饮品如施了魔法般见效，但即便是服用之后，也没法叫人大摇其头呀。

“摇不得，今天不行。”

她盯着我，右边眉毛充满谴责地上下挑动。

“哟，怎么回事儿？哼，要是你昨天灌多了黄汤，脑袋不胜摇晃，撇撇嘴总可以吧？”

“啊，那成。”

“那快去吧。还要倒抽一口冷气，再‘啧啧’两声。啊，对了，还要说它看着像是现代荷兰玩意儿。”

“为什么？”

“我怎么知道？据说这种奶牛盅最要不得。”

她住了口，若有所思地打量我可能略似行尸的面孔。

“这么说，你昨晚又花天酒地去了，是不是，我的小山雀？真不可思议，每次见你，你都像是刚从堕落场回来。你有没有离了酒盅的时候？睡觉的时候也喝着？”

1　拉丁语，意为撤回诉讼。

我对这一中伤加以驳斥。

“真是冤枉我了，姑妈。除非是特别的节庆日子，我在酒桌上一向克制有道。一杯开胃鸡尾酒、一杯正餐葡萄酒，饭后可能再来一杯咖啡酒，这就是我伯特伦·伍斯特啦。昨天晚上我是请果丝·粉克-诺透小酌来着。”

“哦，是这样啊。”她哈哈大笑，其声效有点超过了本人病体所能承受的范围。但话说回来，达丽姑妈一开心起来，棚顶向来是要震落点水泥灰的。“粉哥-挠头啊。老天保佑他！这水螈王子还好吧？”

“还在危害人间呢。”

“狂欢宴上他又演讲了？”

“讲了。我可是大吃了一惊，本来还以为他会面红耳赤地拒绝呢。结果呢，大伙儿举杯祝酒的时候，他就突然跳起来，借用阿纳托的话，是一副‘满满不在乎’的样子，真叫我们大伙目瞪口呆。”

“有如惊弓之鸟，是吧。”

“恰恰相反，镇定得招人讨厌。”

“嗯，他倒是有进步。”

我们想着心事，半天没有说话。遥想那个夏天的午后，果丝在伍斯特郡达丽姑妈家里做客，由于机缘巧合，果丝装着满肚子汹涌澎湃的黄汤，在斯诺兹伯里集市文法学校年度颁奖仪式上对小学生们发表了一通演讲。

有件事我一直搞不清楚。每次讲某人某事的时候，要是之前就提过这个某人，我总不晓得开头作多少铺垫是好。这个问题呢，得从各个角度加以斟酌。就拿眼下这个话头来说吧，假若我默认诸位读者对果丝·粉克-诺透了如指掌，继而开门见山，那么，有些客官没有一字不落地听我讲故事，可就要云里雾里；但另一方面呢，要是进入正题之前先把此人八大卷生平事迹一一道来，那么，那些一字不落的老兄就要打着哈欠念叨："听过啦，闲话少说吧。"

我琢磨着只有一个办法：对第一伙兄弟言简意赅地澄明来龙去脉，同时对第二伙兄弟挥手致歉，叫他们还是先花个一两分钟走走神，容我稍后再续。

这就解决了。说起这果丝呢，他是我的一位老朋友，长着一张鱼脸，自打成年以后就躲在乡下，献身于水螈研究事业。他把这些小友养在玻璃箱里，以不知疲倦的双眼观察其习性。可以说他是个不折不扣的遁世者——要是大家碰巧会用这个词，那就保准没用错。根据比赛记录来看，要他凑在精巧如贝壳的耳畔说两句甜言蜜语，再顺理成章地选购铂金戒指，获准完婚，就算等到猴年马月，也没什么胜算。

但是，爱神自有安排。某日，果丝与玛德琳·巴塞特不期而遇，立刻如一堵砖墙般轰然倒在她裙下。果丝告别了隐居生活，展开追求，在经历了数不尽的兴衰波折后，终于大功告成，不出几日，就要套上礼服西裤，别上栀子花，走上圣坛，迎娶这个祸害。

我说她是祸害，因为她的确是个祸害。虽然咱们伍斯特对女士一向殷勤有礼，不过也不怯于有话直说。这位小姐身材娇弱，行事磨叽，性格多愁善感，眼神温柔能化人，声音婉转如斑鸠，并且对于星星兔子之类的见解着实让人莫名其妙。记得她对我说过，兔子是侍奉仙后的地精，星星是上帝的雏菊项链。当然，这些纯属胡说八道。是才怪。

达丽姑妈“咯咯”一笑，声音如闷雷滚过。要知道，果丝在文法学校的那场演讲一直是最令她开心的一段回忆。

“老好的粉哥-挠头！他人在哪儿呢？”

“正在巴塞特老先生家里做客——在格洛斯特郡托特利高地村托特利庄园。他是今天早上动身的，他们要在当地的教堂举办婚礼。”

“你去不去？”

“绝对不去。”

“嗯，我想大概你去了也是难过。你还爱着人家。”

我怒目以对。

“爱着人家？那位小姐认为小孩子出生是因为仙女们在擤小鼻涕！”

“可你不是跟人家订过婚吗？”

“前后不过五分钟，而且错根本不在我。亲爱的老姑妈，”我气恼地说，“这桩倒霉事的真相你可是知道得一清二楚。”

我的面部肌肉一阵抽搐。这段生平事故不堪回想。简而言之，事情的经过是这样的：当时果丝因为和水螈相处得太久，神经不太结实，因此不敢向玛德琳·巴塞特开口表明心迹，于是叫我代为表白。我依言行事，可惜这位小姐榆木脑瓜，以为我在为自己表白。结果呢，果丝在颁奖仪式上丢了人，她就拒绝了人家，凑到我这里来搭伙，弄得我完全没有退路，只好背了这黑锅。话说要是一个姑娘深信一个小伙子爱着她，还跑过来说已经把未婚夫退了货，打算跟这个小伙子执手偕老，这个小伙子又有什么办法？

老天有眼，就在千钧一发之际，这两只呆鸟重归于好，事情又上了轨道。但是一想到这场浩劫，我就忍不住微微颤抖。只要牧师没问那句“汝愿意否，奥古斯都？”，果丝没羞怯地答那句“愿意”，我这颗心就不得真正的安宁。

“好吧，不妨告诉你，”达丽姑妈说，“我自己也不打算去参加婚礼。我看不惯沃特金·巴塞特爵士，就不该纵容他。说到那种人，他就是现成的例子！”

“怎么，你也认识这老伙计？”我很惊讶。当然这也证实了我常说的那句话——世界真小。

“当然认识。他是汤姆的朋友，两个人都收藏古董银器，还像两匹狼似的，老是对着嚎。上个月他在布林克利庄园做客，我对他万分照料，极尽地主之谊，可你知道他是怎么回报我的？他想背着我把阿纳托挖走！”

“什么？”

“可不是。幸好阿纳托忠心不贰——我给他涨了一倍的薪水。”

“再涨一倍好了，”我真情流露，“涨完还要接着涨，宁可花钱如流水，也不能失去这位顶级烤肉炖肉大师。”

我的确深受震动。阿纳托这位举世无双的上菜师傅险些离开布林克利庄园，跑去侍候老巴塞特，一想到这里，我就打心底里不安。在布林克利呢，我总能不请自来享受他的作品，而巴塞特备好刀叉宴请伯特伦的概率实在渺茫。

“是，”达丽姑妈答道，她想着这怕人的情景，双眼冒出火来，“沃特金·巴塞特爵士就是个两面三刀的小人。你最好提醒粉哥-挠头婚礼那天小心防着点。要时刻警惕，一点都不能放松，搞不好这个恶棍就把他的领带夹顺走了。好啦，”她伸手取过一篇稿子，看样子是关于婴儿疾病及保健护理的高深论文，说道：“快去吧。我还有六吨校样要改。啊，对了，把这个交给吉夫斯。这是投给《先生专栏》的稿子，写的是男士长裤侧面的穗带，很深奥，我想叫吉夫斯帮我审一审。说不准是红色宣传稿呢。好了，我交代的这件事，你不会搞砸吧？把你的任务复述给我听听。”

“去古董店——”

“布朗普顿路那家——”

“就在布朗普顿路，多谢提醒。说我要看奶牛盅——”

“加以鄙视。没错，快去吧，你认得门，不送啦。”

我轻快地出了门，在马路上拦了一辆四轮马车。一大早就担下这种活，不少人无疑要微微发昏，但对我来说，一想到这桩善意之举是我力所能及，便只觉满足。我常说，考验之下，就会发现伯特伦·伍斯特是块童子军的料。

布朗普顿路上的这家古董店果然如前所述，是一家古董店，位于布朗普顿路。天下的古董店都一样——除了邦德街上光鲜时髦的那片儿——店面破破烂烂，店里黑乎乎臭烘烘，这家也不例外。也不知道为什么，反正这些店铺的主人好像总是在后屋里炖着东西。

“劳驾。”我走进店门，开口招呼，但看到管事儿的正在招呼两位顾客，于是就住了口。我刚想解释自己闯进来全属无心之失，但是“啊，打扰了”这话还没出口，就给咽了下去。

一团圆熟的雾气飘进大堂，遮挡了视线，但是我借着暗淡的光线，认出这两位顾客中那个矮个子的老者于我而言并不陌生。

此人正是巴塞特老爹。是他本人，不是照片。

伍斯特的血统里有一种斗牛犬般的硬汉品质，常惹人议论纷纷。现在这股劲儿便体现出来。换成软弱之辈，此时定要蹑手蹑脚地溜之大吉，但我却不为所动。我认为，往昔毕竟是往昔，我掏了那五镑，欠社会的债已经两清，因此对这个虾粉色面孔的老什么也没什么可怕的。因此我就站定了，暗中略略打量他。

见有人进门，他回身瞥了一眼，之后就时不时地拿余光扫过来。我琢磨着他记忆深处的琴弦迟早要被拨动，从而认出背景里那个拄着雨伞的潇洒苗条的身影乃是旧相识。此刻，他显然是悟出了什么。掌柜先生悠然踱进里屋，他便走到我跟前，透过护风镜上上下下地打量我。

“嘿，嘿，”他开口了，“年轻人，我认得你，我对人是过目不忘。你犯过一件案子，是我经手的。”

我微微一鞠躬。

“不过没有再犯。好！吸取了教训，啊？如今改邪归正了？妙！嗯，我想想，你犯了什么事来着？先别说，我正想呢。哦，对了，是抢钱包。”

“不，不对，是……”

“抢钱包，”他肯定地重复道，“我记得一清二楚。不过，这都是往事，都过去啦，是吧？咱们已经洗心革面了，是不是？好样的。罗德里克，快过来，这事儿太巧了。”

他那同伴放下手中的浅盘，过来一起小叙。

我早就注意到，这位汉子颇叫人呼吸不畅。只见他身高约两米一，裹着一件花呢格厚大衣，因此宽度也有一米八。一旦目光被他吸引，就动弹不得。似乎造物主本打算造一只猩猩，却在最后一刻改变了主意。

不过，要说他让人过目不忘，可不只因为体积惊人。凑近一看，他那张面孔才更叫人瞩目。这张脸呈方形，孔武有力，正中间还蓄着一撮若有若无的八字胡。只见他目光锐利，穿透人心。不知道诸位有没有看过报纸上登的独裁者的照片：下巴前凸，目光灼灼，话语激昂，点燃了群众的热情。好比在给台球游乐场致开幕辞。反正一看到他我就有这种联想。

“罗德里克，”老巴塞特嚷，“来见见这个小伙子。他最能证明我的一贯看法——牢狱生涯不会让人一蹶不振、扭曲品格，相反，它叫人踩着死去的自己作为垫脚石升往更高的境界。”

这话听着耳熟——吉夫斯说过。奇怪，他是怎么知道的？

“瞧瞧这小伙儿。不久前，他在火车站抢钱包，我判他坐牢三个月。显而易见，这段经历对他造成了积极影响，他已经改过自新了。”

“哼，是吗？”大独裁者应道。

诚然，“哼，是吗？”并不属实，不过我很不喜欢他这种语气。他盯着我，一副目空一切的可恶表情。我当时就想，要说鄙视奶牛盅，他正是最佳人选。

“你怎么知道他改过自新了？”

“明摆着嘛。瞧瞧他这打扮，头面齐整，衣着得体，完全是社会的可靠分子。虽然不清楚他现在以何为生，不过明显不是抢钱包了。年轻人，你现在做什么营生啊？”

“看来是偷雨伞了，”大独裁者插嘴，“他手里拿的是你的雨伞。”

我正要开口严词否认这一指控——没错，我嘴都已经张开了，突然间，仿佛有只塞满湿沙子的袜子砸在上颌骨上，我觉悟到，这话大有道理。

我是说，此时我才想起，出门的时候并没带伞啊，可是我手里千真万确是多了一把。究竟是什么指使我拿起十七世纪座椅旁的那把伞，已无从得知，可能只是一种原始本能，无伞之人看到身旁的伞就要伸手去摸索，如同花儿要向太阳摸索一样。

似乎应该大方道歉。这钝器转手的同时，我便开了口。

“这，我错了。”

老巴塞特说他也错了，而且大失所望。他还说，就数这种事最叫人伤心。

那大独裁者非要插一脚。他问要不要叫警察，老巴塞特的眼瞬间亮了。做裁判官的有事没事就喜欢叫警察，就像老虎尝到血腥味儿。不过他摇了摇头。

“不用了，罗德里克，我不忍心。今天可是我最高兴的日子。”

大独裁者噘起嘴，好像是觉着好日子就更要行善。

“听我说，”我哀鸣道，“全是误会。”

“哼！”大独裁者说。

“我还当作是自己的雨伞呢。”

“这一点，”老巴塞特答道，“就是你的根本问题所在，年轻人。你根本分不清meum和tuum[1]。好了，这次我不叫人逮捕你，不过我要奉劝一句，你得格外小心着。走吧，罗德里克。”

他们拔腿便闪。大独裁者在门口停下脚步，转身盯着我，又

1 拉丁语，分别意为我的、你的。

“哼”了一声。

可以想见，一个感性之人经受了这等遭遇，心神是多么不安。我的第一反应是将达丽姑妈的任务弃之不顾，折回寓所，再灌一杯吉夫斯的凝神剂。大家都知道，小鹿躲过了紧张的追捕，是多么渴盼清凉的溪水呀。情况大略如此。此刻我才意识到，肚里只有一杯垫底就在伦敦大街上乱跑，我可真够疯的。我正想悄然离去寻找水源，这时店主从里屋现了身，一股浓郁的炖菜味儿和一只黄猫同时跑了出来。他问我可有什么需要。既然开了话匣子，我便回答说，听说店里有一只十八世纪的奶牛盅待售。

他摇了摇头。这位仁兄有种郁郁寡合的学究气，差不多整副面孔都埋在一蓬白胡子里。

“先生来迟了，已经叫一位顾客订下了。”

“是特拉弗斯先生？”

“啊。”

“那就是了。汝可知，神色端庄品性和蔼之人，”总得客气一下不是，“这位特拉弗斯是我叔叔，是他叫我来瞧一眼的。那么就烦请您拿出来吧。我看是个破烂玩意儿。”

“这可是个精美的奶牛盅。”

“哼！”我借用了一点大独裁者的词汇，“你当然这么说，咱们看看就知道了。”

不妨坦白声明，我呢，对银器古董没什么兴趣，但因为怕汤姆叔叔难过，所以一直没忍心跟他提起。其实我一直觉着，他这种喜好体现了一种傻气，应该趁早防范，避免扩散。有鉴于此，估计一见之下我对于此物也不会怎么怦然心动。饶是如此，等这位白胡子老者踱进阴暗处把这玩意儿捧出来的时候，我还真有点哭笑不得。一想到叔叔他要花大把钞票买下这物件，我就痛心疾首。

这是一头银制奶牛。但是这里所说的“奶牛”，可不是不远处草地上进食草料的那种端庄高雅、自尊自爱的反刍生物。这家伙面目狰狞，如妖魔一般，动不动就要口出恶言。此物高约十厘米，长约十五厘米，背上装着合页，可以打开，尾巴扬起呈弧形，尾巴尖儿贴着脊梁骨，估计是用来给奶油爱好者当手柄的。一见此物，我就如同踏入了一个异样而恐怖的世界。

有鉴于此，达丽姑妈吩咐的节目也就很好上演了。噘嘴、咂嘴，我两个动作齐上，此外还倒吸了一口凉气，整体上表现出本人对这只奶牛盅全无好感。只见这老学究吃了一惊，好像碰到了痛处。

“哟，啧啧啧，”我叹道，“哎，天哪天哪！呀，不对不对不对！我看是不怎么样，”我不亦乐乎地把嘴噘了又咂，“不对头。”

“不对头？”

“不对头。现代荷兰玩意儿。”

“现代荷兰玩意儿？”他嘴角好像喷出一点儿白沫儿，不过也可能没喷，我说不准，反正他精神上明显备受煎熬。“你说现代荷兰玩意儿是什么意思？这是十八世纪的英国制品。看戳印就知道了。”

“我没看到什么戳印。”

“你瞎了吗？行了，拿到街面上去瞧，外面亮堂。”

“行啦。”我开始信步走向店门，样子十分懒散，好比一个鉴赏家感到时间白白浪费，觉着有点没趣。

说“开始”，是因为才刚走了几步，我就被那只猫给绊了一跤，自然，人不能一边给猫绊了一跤还一边懒散地信步。我一个跃升就蹿出店门，好像砸窗抢劫后被警察追着奔向车子。那奶牛盅从手里飞了出去，但幸运的是，我恰巧撞上了门外的一位同胞，否则肯定要栽进阴沟里了。

嗯，其实不算特别幸运，因为此人正是沃特金·巴塞特爵士。他站定了，透过鼻夹眼睛瞪着我，一副又惊又怒的样子，几乎可以看到，他正掰着手指算账。先是抢钱包，再是偷雨伞，现在又……他终于忍无可忍。

“快叫警察，罗德里克！”他一边嚷一边暴跳。

大独裁者立刻领命。

“警察！”他怒吼。

“警察！”老巴塞特尖叫，是个男高音。

“警察！”大独裁者咆哮，以男低音附和。

很快，迷雾里浮现出一个高大的身影，只听他说：“怎么了，怎么了？”

哎，话说要是我留下详谈，肯定能解释清楚，不过我可不想留下详谈。我敏捷地横跨一步，拔起双脚，去如疾风。只听有人大喊：“别跑！”怎么可能！别跑，还说呢！这个笨点子糟透了。我一路穿旁道走小巷，一气奔到斯隆广场附近，然后爬进一辆出租车，总算重返文明世界。

我本想去蠡斯俱乐部吃两口饭，不过才走了没多远我就感到眼下无力招架。对于蠡斯俱乐部我一向欣赏有加，不输给任何人：机智的对话、同志的情谊，那荟萃了大都市全部精华的氛围……不过我知道，午餐桌上少不了面包飞来飞去，此刻我可完全没有力气应付飞天面包。我瞬间改变了战术，叫司机开到近处的土耳其浴室。

我一向喜欢在土国浴室里久留，因此等我返回公寓的时候，时候已经不早了。我在小隔间里补过两三个钟头的觉，在蒸汽房里痛快地出汗排毒，又扑进冷水浴，如此脸颊便恢复了往日的红润。不错，我打开房门、走进客厅的时候，几乎哼起了啦啦啦。

但是下一秒，我滋滋的喜悦便蒸发了。只见桌上摆着一摞电报。

第二章

不知大伙儿有没有关注过我和果丝·粉克-诺透早年的历险记——可能是一直想读但是总抽不出空儿——要是关注过，那就该记得，上次糊涂事的导火索就是潮水般涌来的电报，因此，要说我瞧着这座电报山心里疑窦丛生，也就不足为奇。其实自打那次以来，凡是电报，不管数量几何，对我来说都预示着不祥。

本来一瞥之下，我还以为这厌恶东西足有二十来封，但细查之后发现其实只有三封，都是从托特利高地村发来的，而且落款相同。

具体内容如下：

第一封：

伦敦伯克利广场伯克利公寓

伍斯特（收）

即刻赶来。玛德琳与本人严重失和。盼复。果丝第二封：

前封电文称即刻赶来，玛德琳与本人严重失和。未见回复。失望。盼复。果丝

第三封：

我说伯弟，干吗不回我电报？今儿拍了两封，称即刻赶来，玛德琳与本人严重失和。你若不及早赶来使出浑身解数促成和解，婚礼就要取消。盼复。果丝

刚刚说到，土国浴场逗留已经让我的身体大大恢复，但对这些惊悚的电报一番埋头苦读后，我顿时旧病复发。之前的疑窦的确并非乱生，看到那些可恶的电报我就犯琢磨，怕是又要出事。果然出事了。

这时，耳边传来熟悉的脚步声，吉夫斯从后屋里飘了出来。他一眼就看出，其主公并非一切安好。

“少爷病了？”他忧心忡忡地询问。

我跌进沙发，焦心地以手抚烂额。

“不是病了，吉夫斯，是心神不宁。看电报吧。”

他扫视过文件，重新将目光投向我。从那关切而不僭越的眼神里，我看出他很挂怀小主的幸福。

“着实不妙，少爷。”

他的声音很严肃，我知道他领会了关键所在。这些电报隐含的恶意我很清楚，他也很明白。

当然，我们不会对这事儿发表议论，否则就等于轻薄了某位小姐的芳名。吉夫斯完全懂得巴塞特暨伍斯特冤案的来龙去脉，并且也相当知晓这件事于我有性命之忧，因此也就不用我费神解释，本人怎么会点起一支焦躁的香烟，勉强合拢下巴。

“吉夫斯，你猜是怎么回事？”

“现在不好妄加揣测，少爷。”

“他说婚礼可能要告吹。为什么？真叫我费脑筋。”

“是，少爷。”

“无疑也很叫你费脑筋。”

“是，少爷。”

“真是一趟浑水。”

“深不见底，少爷。”

“有一件事可以肯定，不知怎的——大概稍后就会见分晓——果丝又闹了大笑话。”

我回想了一下奥古斯都·粉克-诺透问题。作为笨蛋族的一员，他向来自成一格。最有权威的判官在多年前就下了裁决。说起来，我在私立学校结识此人的时候，他已经享有“呆瓜”的美名，要知道，这称号是竞争得来的，炳哥·利透、弗雷迪·韦珍和本人均败给了他。

“我该怎么办哪，吉夫斯？”

“我想最好是前往托特利庄园，少爷。”

“行得通吗？老巴塞特得立马把我扔出去。”

“也许少爷可以发电报给粉克-诺透先生，解释为难之处，或许他能想办法解决。”

听起来可行。我匆匆奔到邮局，发出以下电文：

托特利高地村托特利庄园

粉克–诺透（收）

是，你说得轻巧。叫我即刻赶去，我哪有什么鬼办法？你不晓得巴塞特老爹和本人的状况。反正他不会恭迎伯特伦，定会揪着我的耳朵将我赶出来，再放狗来咬。什么贴上假胡子冒充水暖工，也是白费，这老伙计记得我相貌，准会立刻识破身份。如何是好？出了什么事？为何严重失和？哪种严重失和？婚礼取消是什么意思？搞什么鬼？你把那丫头怎么着了？盼复。伯弟

午饭时分收到了回复：

伦敦伯克利广场伯克利公寓

伍斯特（收）

晓得难处，但应该可以解决。虽然关系紧张，但与玛德琳还说得上话。告知她，你紧急来信恳请允许前来。静候请柬。果丝

辗转反侧了一夜，第二天一早，一口气收到三大封。

第一封：

已解决。请柬已发。来时望一并带来《我的水螈之

友》一书，落雷塔·皮博迪著，波珀古德与格鲁力出版，各大书店有售。果丝

第二封：

伯弟，小浑蛋，听说你要来。正合我意，有重要事情吩咐你。史呆

第三封：

若你希望如此，那就来吧。啊，只是伯弟，这样明智吗？见到我，你怕是又要承受不必要的苦痛，不过是触动旧伤口罢了。玛德琳

这时，吉夫斯端了早茶进来，我把电报递给他，一语不发；他接过读了起来，同上。这期间我汲取了半两热饮，变得坚强有力。他开口道：

“我想应该即刻动身，少爷。”

“是吧。”

“我立即打点行装。少爷，要不要我打电话给特拉弗斯夫人？”

“怎么了？”

“夫人早上已经来过几通电话了。”

“哦？那你还是打一个过去吧。”

“大概不必了，少爷。我猜是夫人亲自来了。”

门口传来一阵绵延不绝的铃声，好像姑妈把拇指按上去就挂在那儿了。吉夫斯前去应门，很快就证实他的预感果然不错。公寓里滚过一阵轰鸣，当年这副嗓子提醒大家有狐出没时，常使得阔恩及派齐利的各位同人抓紧帽子，在马鞍上一个惊跳。

“吉夫斯，那个小浑蛋还没醒吧？啊，在呀。”

达丽姑妈雄赳赳地跨过门槛。

说起我这位亲戚，她多年来不论风吹日晒都致力于招惹狐狸，因此不分时间场合，永远是一副紫红色面孔。但此刻，这木槿紫竟比往常还深了一点。她气喘吁吁，眼光疯癫，就算洞察力远不如伯特伦·伍斯特，也能猜到面前的这位姑妈正为什么事情发火呢。

很明显，她有话憋在胸中不吐不快，饶是如此，她还是将其压后，先声讨我日上三竿还赖在床上。她毫不委婉地指出：沉睡如死猪。

“才不是沉睡如死猪呢，”我纠正道，“都醒了好一会儿了。其实我正打算享用早饭，一起吃点儿，好不好？烟肉、鸡蛋，不在话下，不过要是你想吃，咱们就动手加两条熏鱼。”

她凶恶地喷出一声鼻息，放在二十四小时前，一定叫我彻底瘫倒。纵使我此刻身心还算强健，也还是感到有如遭遇瓦斯爆炸，短了六条命。

“烟肉！鸡蛋！我需要的是白兰地兑苏打。叫吉夫斯给我调一杯。忘了加苏打也不要紧。伯弟，出了一件可怕的事儿。”

“移步餐厅好了，瞧你抖得像白杨树，”我安慰道，“那儿没人打扰咱们，吉夫斯一会儿要进来收拾行装。”

“你要出门？”

“去托特利庄园。我有件特别棘手的……”

“托特利庄园？嘿，该死！我来就是要叫你给我马上动身去托特利庄园。”

“嗯？”

“事关生死。”

“什么意思？”

“听我解释完你就懂了。”

“到餐厅来，尽管解释。”

“好啦，爱吊胃口的神秘人，”待吉夫斯摆好食料退下后，我才开口，“从头道来吧。”

有那么一会儿，大家都默默无语，房间中只回荡着姑妈喝白兰地苏打和本人吞咖啡的美妙声响。然后，她放下酒盏，深吸一口气。

“伯弟，”她开口道，“首先，我有几句话要说，是关于沃特金·巴塞特爵士，大英帝国二等勋爵。愿他种的玫瑰生青虫，愿他家厨子在盛大晚宴上醉倒，愿他养的母鸡染上蹒跚病。”

“他养母鸡？”我直戳重点。

“愿他家水箱漏水，愿托特利庄园地基被白蚁啃——不知英国有白蚁没有。等他挽着玛德琳走上教堂送到粉哥-挠头那个笨蛋身边时，愿他喷嚏个不停，一掏口袋发现出门没带手帕。”

她说完了。我觉得虽然听着痛快，但这些都无关宏旨。

“不错，”我表示赞同，“我同意，in toto[1]。他究竟做什么了？”

1 拉丁语，意为全然。

“这就说到了。你还记得那只奶牛盅吧？”

我叉起一只煎蛋，略略抖了一抖。

“记得？我怎么忘得了。姑妈，你可能不信，昨天我去店里，结果怎么有这么巧的事儿，偏偏叫我碰上了这个巴塞特。”

“不是巧，他就是去看看那玩意儿是不是像汤姆说的那样。伯弟呀，你那叔叔发起疯来，你肯定想不到。你这傻瓜叔叔居然把这事儿说给人家听。他早该知道，那魔头要设计出邪恶的点子算计他。果然吧。昨天汤姆跟沃特金·巴塞特爵士去他的俱乐部吃午饭，菜单上有一道龙虾冷盘，这个马基雅维利就百般唆使他。”

我半信半疑地看着她。

“不是吧？”我大惊失色。我很清楚，汤姆叔叔的肠胃构造精巧，运作有条不紊，“汤姆叔叔吃龙虾了？还记得去年圣诞节……”

“此人一阵煽风点火，叫汤姆不仅吃掉几斤龙虾，还大嚼了几亩黄瓜片。他今天早上跟我交代——昨天到家以后他就只剩下哼哼的力气了——他最初是拒绝的，意志坚定。但是最后还是没忍住。有些俱乐部把冷盘都摆在当中的桌子上，据说巴塞特这家就是，所以不管坐在哪儿都能瞧得见。”

我点点头。“螽斯也是这样。有一回凯特猫·波特-珀布莱特坐在窗边角落，朝野味馅饼连扔了六个面包卷，全都砸中了。”

“苦命的汤姆就是栽在这上头。本来，不管巴塞特怎么把龙虾吹得天花乱坠，汤姆总是能听而不闻的，但是摆在眼皮子底下可就受不了啦。他放弃抵抗，敞开肚皮，活像饿了几天的因纽特人。六点的时候我接到行李员的电话，叫我派车过来收拾残骸，还是门童发现汤姆在阅读室的角落里打滚。半小时后，他一到家，就虚弱地叫碳酸氢钠水。氢钠水个头！”达丽姑妈恨恨地一声冷笑，“还不是叫了两个医生洗胃？”

“与此同时呢？”我大概知道这故事如何结局了。

“与此同时呢，巴塞特这个恶魔当然是跑去买下了奶牛盅。店主答应汤姆给他留到三点，过了三点他还不见人影，而另一个客人还叫嚣着要买，人家自然就卖了。事情就是这样。奶牛盅落在巴塞特手里，昨天晚上给带回托特利了。”

这个故事充满悲剧色彩，当然，也印证了我对巴塞特老爹的一贯看法：本来连一番训诫还嫌过分的事儿，他偏要克扣人家五镑，这种裁判官自然什么都做得出来。但是我想不通达丽姑妈还有什么对策可想。“我觉得，这种事儿呢，只能握紧双拳，默默地朝天上翻个白眼了事，然后开始新生活，努力遗忘过去。”我一边往面包片上抹橘子酱，一边如是说道。

她盯着我，沉默了一会儿。

“哦？你这么想是吗？”

“是啊。”

“你应该承认，无论从哪条道德律看，这奶牛盅都该归汤姆所有吧？”

“嘿，断然绝然！”

“但是你就甘心忍受这人神共愤的恶行？你就由着这个匪徒揣着赃物，逍遥法外？眼看着他在咱们文明国度里耍这种无比龌龊的下三烂伎俩，你还稳稳地坐在那儿叹两声‘哎，哎！’袖手旁观？”

我考量了一下。“大概不会叹‘哎，哎！’吧，”我承认，这种情况下要加以严正的批判，“不过我只能袖手旁观。”

“哼，反正我不会袖手旁观。我要去把那该死的玩意儿偷回来。”

我吃惊地看着她。虽然没有在口头上加以斥责，但我的眼神明显“啧啧”有声。诚然，这挑衅着实严峻，但是我不赞成这种强硬的手段。我正想唤醒她沉睡的良知，轻声细语地问问她，阔恩的诸位对这事儿得作何想呀——嗯，说起来还有派齐利——只听她又说：“不，还是你去！”

她这话出口时我刚点了支烟，按照广告上的说法，应该是泰然自若的[1]。一定是这烟不对头，因为我一跃而起，好像椅子下面戳出来一只锥钻。

“谁？我？”

“没错。看，这正合适啊。你正要去托特利庄园做客，到时候有无数下手的好机会。”

“可，见鬼——”

“我一定要抢回来，不然怎么可能叫汤姆开支票给波摩娜·格林德尔呢？不过他现在可没这心情。我昨天和这姑娘签了份价格不菲的合同，要预付一半报酬，一个礼拜后就是期限。所以嘛，抓紧行动吧，小侄儿。你怎么小题大做的，我看哪，为了亲爱的姑妈，这都是小事。”

“我看哪，为了亲爱的姑妈，这事可大了。我做梦也不会……”

“哼，你不得不做，否则，你知道会怎么样。”她故意顿了

1 1927年美国罗瑞拉德烟草公司（Lorillard）的穆拉德牌（Murad）香烟广告，尴尬时分可“泰然自若，点一支穆拉德”。

一顿，“懂了吗？”

我沉默了。她的意思不用说我也明白。这已经不是第一次了，她又亮出了口腹里的蜜剑——呃，好像说反了。我这冷酷无情的亲戚有一个杀手锏，一直当作那个谁的宝剑一样在我头顶上晃——叫什么来着？吉夫斯肯定知道。总之，她用这个手段总能让我乖乖就范。要是我不照做，她就不许我在她家搭伙，生生将阿纳托的美味从我嘴边夺走。我怎能轻易忘记，有一回她禁了我整整一个月，当时正是野雉肥美的季节，这位神厨自然是无与伦比。

我最后又试着晓之以理：“汤姆叔叔为什么想得到这只讨厌的奶牛盅？那玩意儿可吓人了，还是不要的好。”

“他可不这么想。行了，情况就是这样。替我完成这个简单轻松的任务，不然府上的客人很快就要议论纷纷：‘这伯弟·伍斯特咱们是再也看不见了呀？’老天保佑，昨天那顿午饭阿纳托发挥得太妙了，只能用‘妙极’来形容。也怪不得你推崇他的厨艺。用你的话说，就是‘入口即化’。”

我板起脸：“姑妈，这是勒索！”

“嗯，可不是？”她撂下这句话就闪人了。

我重新落座，嚼了一条老大不乐意的冷烟肉。

吉夫斯走进来。

“行李准备好了，少爷。”

“好，吉夫斯，”我回答，“那咱们出发。”

“吉夫斯，从小到大呀，”我终于打破了长达八十七英里的沉思默想，“我这辈子也算经历了不少波折，但这回才算赢得了花贝壳呀。”

我们正乘着两座汽车平稳地驶向托特利庄园，本人掌舵，吉夫斯在侧，个人物品摆在折叠加座上。出发的时候约十一点半，此刻这舒适的午后时光正是最美好的时候。这天晴爽怡人，空气里飘着一股香气，要是在往日，我一定觉得自在非凡，一边愉快地谈天，一边对路边的山野村夫挥手致意，可能还要哼那么一段轻松的小曲儿。

倒霉的是，今时不是往日，只差那么一点就和往日大大不同，因此我嘴角也见不到小曲儿的影子。一想到我在那倒霉的庄园里是凶多吉少，这心情就越发沉重。

“花贝壳呀。”我又念叨了一遍。

“少爷？”

我皱起眉头。他这是故作谨慎，但现在不是故作谨慎的时候。

“吉夫斯，不用假装不知道，”我冷冷地训诫，“我和达丽姑妈面谈的时候你就在隔壁，她那些话连在皮卡迪利都听得到。”

他卸下了面具。

“咳，是，少爷。必须坦言，我的确领会了对话的要旨。”

“那就是了。我说这事儿大大不妙，你同意吧？”

“少爷所遭遇的难题的确棘手，叫人措手不及。”

我开着车，一阵思索。

“要是能从头活一次，吉夫斯，我要做个孤儿，一个姑妈也不要。听说土耳其那儿是把姑妈们装进麻袋，扔进博斯普鲁斯海峡？”

“据我理解是苏丹宫女，少爷，不是姑妈。”

“哦。为什么不是姑妈？瞧瞧她们给世界添了多少麻烦。这么说吧，吉夫斯，这句话你可以拿去引用：‘天真无辜、人畜无害的小伙儿第一次掉进浑水里，仔细观察就会发现，无一例外都是姑妈推的。’”

“少爷的话确有几分道理。”

“什么姑妈也分好坏，胡说八道。本质上根本没有分别，迟早‘唰’的一声露出魔鬼的蹄爪。就说我这个达丽姑妈吧。吉夫斯啊，我一直觉得，她这个人最讲道理，比如怒骂猎狐犬跑去追兔子什么的，结果她却跑过来把这么一件差事交给我。伍斯特——警盔扒手，咱们都知道。伍斯特——所谓的抢钱包犯，咱们也晓得。但是这位姑妈给全世界树立了这么个伍斯特形象：跑到退休裁判官的府上，一边大嚼人家的面包咸盐，一边顺走人家的奶牛盅。嘁！”我这么说都是因为心烦意乱。

“着实令人烦恼，少爷。”

“不知道老巴塞特见到我会怎么样，吉夫斯。”

“想必他的反应会是有趣的观察对象，少爷。”

“我猜他怎么也不能把我扔出去吧，我是巴塞特小姐请来的。”

“不错，少爷。”

“但另一方面呢，他能——并且会——从夹鼻眼镜上头打量我，鼻子里讨厌地哧哧作响。这幅画面真叫人不舒服。”

“不错，少爷。”

“我是说，就算没有奶牛盅这码事，情况也够复杂的。”

“是，少爷。冒昧问一句，少爷是否打算满足特拉弗斯夫人的意愿？”

伍斯特驾驶着时速五十英里的车，实在没办法激动地高举双手，不然我肯定照办。

“我就是在苦恼这个问题啊，吉夫斯。现在也决定不了。记得你以前提过一两回，说有个家伙让什么怎么来着？你知道我说什么吧，就是那个像猫的家伙。”

“麦克白，少爷，是已故作家莎士比亚同名剧作中的人物，其中称他让‘不敢’耽搁了‘想要’，如同一只畏首畏尾的猫[1]。”

“嗯，我就是这种状态。我摇摆不定、踟蹰不知所措——这个词儿没说错吧？”

“恰如其分，少爷。”

“想到以后吃不到阿纳托的佳肴，我就暗暗决定还是要搏一搏。但是转念一想，我已经在托特利庄园着了污名，老巴塞特坚信我是雅贼莱福斯[2]加街头骗子，凡是能偷的东西，是见什么偷什么——”

“少爷？”

“我没跟你说过？哎，我昨天又跟他狭路相逢，这次最惨烈。现如今他把我当成犯罪分子中的渣滓，就算不是头号人民公敌，肯定也排个第二第三。”

我对他概述了事情经过，结果令我震惊的是，他听着这段陈情似乎觉得有幽默可循。要知道吉夫斯可不常笑，但现在他嘴角上明显漾起了一抹微微的笑意。

“是个好笑的误会，少爷。”

“好笑，吉夫斯？”

他认识到高兴得不是时候，于是重新调整五官表情，抚平了

1 引自《麦克白》第一幕第七场，朱生豪译，略有改动。

2 A. J. Raffles，英国作家霍尔农（E. W. Hornung，1866—1921）笔下的“绅士小偷”。

笑意。

“对不起，少爷。我应该说‘令人烦恼’。”

“可不。”

“在这种情况下再见沃特金爵士，一定难堪之极。”

“是，要是再让他逮到我偷他那只奶牛盅，不知要难堪多少倍呢。我眼前老是浮现出这幅场景。”

“我十分理解，少爷。决心的炽热的光彩，被审慎的思维盖上了一层灰色，伟大的事业在这一考虑之下，也会逆流而退，失去了行动的意义。”

“太对了！我正要这么说。”

我开着车，越发思索起来。

“而且还有一个问题，吉夫斯。就算我打算偷奶牛盅，我哪来的工夫？这玩意儿又不是能随随便便就到手的。得出主意，列计划，想方案。还有，我还得解决果丝那事儿，由不得一点儿分心。”

“正是，少爷。复杂程度令人生畏。”

“且慢，好像还嫌我事儿不够多，史呆还有电报。还记得今天早上的第三封电报吧？[1]是史黛芬妮·宾小姐发来的。她是玛德琳的表妹，也住在托特利庄园。你见过她的，一两个星期前她到家里吃午饭来着。个子小小的，体积像杰西·马修斯[2]。”

“啊，是，少爷，我记得宾小姐，很有魅力。”

“可不。她能有什么事儿吩咐我呢？问题就在这儿。估计绝对是叫人吃不消的任务。所以这事儿我也得担心着。人生啊！”

---

1 应该是第二封电报，可能是作者笔误。（编者注）

2 Jessie Matthews（1907—1981），英国演员、歌手。

“是，少爷。”

“不过，还得沉着应对，是不是，吉夫斯？”

“千真万确，少爷。”

对话交流期间，我们徐徐前行，速度还算可以，之前路边闪过的路标我也没有忽略，那上面刻着“托特利高地村八英里”的字样。如今只见树木掩映下，一座气派的英式庄园就呈现在我们面前。

我踩了一脚刹车。

“旅程的尽头，是不是，吉夫斯？”

“料想如此，少爷。”

此言果然不虚。我们接着转进大门，一直开到前门，管家告知说，这的确是沃特金·巴塞特的老巢。

“罗兰骑士来到黑沉沉的古堡前，少爷。”吉夫斯在下车时评论道，具体什么意思我完全摸不着头脑，因此就简短地应了一句“嗯哦”，并将注意力转移到管家身上，我看他正在跟我说些什么。

我这会儿已经听明白了，他说若是希望即刻拜会屋子的主人，那我来得很不凑巧。他解释说，沃特金爵士刚刚跑出去放风了。

“我想老爷此刻和罗德里克·斯波德先生在庭院某处。”

我大吃一惊。可以想象，自从古董店那一幕后，罗德里克这个名字就深深地铭刻在我的心上。

“罗德里克·斯波德？那个大块头的小胡子，隔着四百米就能用眼神把生蚝撬开的那位？”

“是，先生。昨天他与沃特金爵士从伦敦返回府上，今天用过午饭不久就出去了。玛德琳小姐现在在家中，不过一时说不好此刻在哪里。”

“粉克-诺透先生呢？”

“我想他是出去散步了，先生。”

“哦？啊，行啦，那我就先自己转悠一会儿吧。”

我很高兴有机会独处一下，因为我正想静心思考。我沿着凉台踱步，思考开去。

听到罗德里克·斯波德也在，我大为震惊。我还以为他不过是老巴塞特的俱乐部相识，日常活动仅限于大都市。达丽姑妈的任务执行起来本来就是任凭硬汉也要胆战，况且是在沃特金爵士的眼皮底下作案。如今又添了一个斯波德，这场行动的吓人指数立刻提高了一倍。

哎，这个大家自己就能琢磨透。想象一下，某个倒霉的犯罪高手来到老格兰其想搞一桩谋杀，结果发现，不仅福尔摩斯正巧来过周末，就连波洛也在。

我越想越觉得不该去偷奶牛盅。我觉着应该有个折中的法子，我要做的就是打开各种渠道找个路子出来。为此，我低着头在凉台上踱步，同时想到，老巴塞特的钱果然花在了刀刃上。我呢，算是鉴赏乡间庄园的行家，我看这一座真是无可挑剔。外表美观，庭院辽阔，草坪打理得整整齐齐，总体氛围传递出那种古老的“田园般的宁静”。远处，牛儿哞哞，羊儿鸟儿各自咩咩喳喳，近处传来一声枪响，看来是有人把园子里的兔子放倒了。托特利庄园纵然人邪恶不堪，但无疑风光秀丽堪夸美[1]。

1 出自英国主教雷金纳德·海伯尔（Reginald Heber，1783—1826）的赞美诗《福音要遗传》（*From Greenland's Icy Mountains*，1819）：“风光秀丽堪夸美，唯人邪恶不堪。”

我踱来踱去，默默计算着这老伙计如果按每人五英镑每天罚二十人计，要攒多久才能买下这庄园，这时我突然注意到一层有一间屋子，里面的摆设透过敞开的落地窗一览无余。

这屋子大概是间小客厅——我这么说大家能懂吧——有种过分装饰之感。究其原因，是因为这屋子里挤满了玻璃柜，而玻璃柜里又挤满了银器。显而易见，我眼前的就是巴塞特藏品。

我停下脚步。好像有什么指引着，我走过落地窗，下一秒，我和我的老朋友银奶牛就像俗话说的那样面面相觑了。这奶牛盅摆在门口处的小型玻璃柜里，我凑近细看，重重的鼻息喷在玻璃上。

我发现原来柜子并没有上锁，心情一阵起伏。

我转动把手，探囊取物，手到擒来。

要说我原本只想审视一番呢，抑或是豁出去了，还真说不好。我只记得自己其实根本没什么板上钉钉的计划。当时我的精神状态就像传说中那只畏首畏尾的猫。

不过，我并没有充分的空闲来分析此刻的感想，就像吉夫斯说的那样“终其本源”，因为就在这个节骨眼，身后传来一声“双手举起来”！我回过头，看到罗德里克·斯波德正站在窗外。他手里举着一杆猎枪，枪口马马虎虎地对准了我背心的第三颗纽扣。从他的姿态判断，他是那种容易擦枪走火之人。

第三章

之前跟管家说起罗德里克·斯波德，是“隔着四百米就能用眼神把生蚝撬开”，如今他正用这种眼神盯着我，像是马上要展开清洗的大独裁者。我发现自己犯了个错误，他身高哪止两米一，至少也有两米四。并且下颌肌缓缓运动。

我希望他不要张口又是一句“哼”，但他哼了。由于我暂时未能清理好声线作出回应，因此这一幕对话戏就暂时杀青了。他一边用眼神黏着我不放，一边大喊道：“沃特金爵士！”

远处传来一种类似“哎，好，我在，怎么啦”的声音。

“到这边来。我有东西给你看。”

老巴塞特出现在窗外，一边还在扣夹鼻眼镜。

之前的几次会面中，他都是城里那种讲究的打扮。必须承认，即使身陷困境，我也不自觉地对他的乡下形象不寒而栗。当然了，有道是——我听吉夫斯说的——个头越小，花样越多[1]，老巴塞特这一身行头正好匹配他身高的不足。这碍眼的粗花呢只能用“五光十色”来形容，不过说来奇怪，我看在眼中反而安心，

1 俗语“个头越小叫声越大”，即会咬人的狗不叫。

这身衣裳只叫我觉得天下没有什么大不了的事。

“看！”斯波德嚷道，“这事儿是怎么也想不到吧？”

老巴塞特双眼凸出，好像震惊得呆了。

“老天爷！是那个抢钱包的！”

“正是，不可思议吧？”

“难以置信。咳，见鬼，这是迫害。这家伙到处跟着我，像玛丽的小羊羔[1]，一会儿都不让我闲着。你怎么逮到他的？”

“我正巧从车道这边过来，看到一个鬼鬼祟祟的身影闪进了落地窗，于是加快脚步，用枪把他制住了。我来得及时，这小子快要把这儿抢光啦。”

“嗯，感激不尽哪，罗德里克。搞不懂这人怎么这么顽固不化。我还以为在布朗普顿路上作案被咱们阻止以后，他终于看出这活儿劳而无功，要洗手不干了。非也，他第二天又跑这儿来了。哼，有他后悔的。”

“这次案情严重，你没办法立即发落吧？”

“我可以签一个逮捕令。带他到书房来，我立刻就签。这案子必须交到巡回审判庭，要不就是治安法庭。”

“你看会判什么？”

“不好说。不过肯定不低于……”

“呔！”我开口道。

我本来想轻声细语地讲一句道理，成功吸引他们的注意力，再解释说自己是来府上做客的，但不知怎的，话一出口，效果很像达丽姑妈在猎场上隔着半英里庄稼地招呼同伴。老巴塞特纵身

1　英国童谣《玛丽有只小羊羔》，词为：“玛丽有只小羊羔，雪白的小羊羔。不管玛丽到哪里，总要跟着跑。”

向后一跳，好像眼睛被烧火棍戳了似的。

斯波德对我的发音技巧颇有微词：“不许吼！”

“鼓膜都要给震碎了。”老巴塞特咕哝道。

“听着！”我喊道，“能不能听我说？”

之后是一阵嘈杂的辩论，我方据理力争，辩方则对我制造的噪声有点揪住不放的架势。就在我展示自己的好嗓音时，门突然开了，只听一个声音喊：“哎呀，我的天哪！”

我回过身。那微启的双唇……那铜铃般的双眼……那纤弱的身段，在关节处略有下垂……

来者正是玛德琳·巴塞特。

“哎呀，我的天哪！”她又喊了一声。

可以想象，要是有位客官路过，听到我对以此女为妻诸多牢骚，一定会扬起眉头大惑不解。“伯弟呀，”他大概会感叹，“你真是身在福中不知福啊。”也许还要加一句说，他要是有我这种烦恼就好了。要知道，玛德琳的外表诚然动人：苗条、绰约——好像是这么个词儿，一头浓密的金发，各种配置一应俱全。

但是，这位路过的客官犯了一个大错，那就是忽略了玛德琳那种多愁善感的腻味劲儿，那种随时打起婴儿腔的微妙气质。就是这一点叫人打战。她要是结了婚，一定会趁着夫君睡眼惺忪摸进餐厅的时候蒙上他的双眼说：“猜猜我是谁！”

我曾经在一个新婚不久的朋友家做客，那新娘在客厅的壁炉上方谁也无法忽视的地方刻了一行铭文，云：“比翼双飞共筑爱巢。”我仍然记得，这故事的男主人公每次走进客厅看到题字时，总是一副饱受煎熬的呆相。玛德琳·巴塞特步入婚姻生活以后会不会也如此变本加厉，我不敢说，我只是觉得大有可能。

她疑惑地看着我们，眼睛瞪得又大又美。

“怎么这么吵？”她问道，“呀，伯弟！你什么时候到的？”

“哦，你好啊。我刚到。”

“一路还顺利吧？”

“哦，挺好，多谢。我开两座汽车来的。”

“一定累坏了吧？”

“哦，没，多谢，不累。”

“那好。茶点马上就备好了。这么说你见过爸爸了。”

“我见过爸爸了。”

“还有斯波德先生。”

“还有斯波德先生。”

“奥古斯都在哪儿我也不清楚，不过喝茶的时候肯定能见到。”

“迫不及待啊。”

老巴塞特听着这番寒暄，嘴脸上一副惊呆的表情：时不时地作吞咽状，好像鱼儿被勾住腮帮子拎出水塘似的。他完全跟不上事态的发展。当然，他的思维过程也是可以理解的。对他来说，伯特伦是偷钱包雨伞的小混混，而且糟糕的是，还老偷不到手。做父亲的自然不希望看到掌上明珠跟这种人这么亲近。

“难道你认识这个人？”他终于问。

玛德琳笑了，是那种清脆的银铃般的笑声，正常人不待见她，这也是其中一个原因。

“啊，爸爸，你怎么糊涂了？我当然认识。伯弟·伍斯特可是我亲爱的老朋友啦。我不是跟你说过他今天要来吗？”

老巴塞特似乎没反应过来。斯波德似乎也没怎么反应过来。

“这就是你那位朋友，伍斯特先生？”

“可不是。”

“可他是抢钱包的啊。”

“雨伞。”斯波德赶紧提示，仿佛把自己当成御前催债官似的。

“还有雨伞，”老巴塞特表示同意，“还在光天化日之下洗劫古董店。”

玛德琳没反应过来——总计三人。

“爸爸！”

老巴塞特坚决不肯放松。

“我说是就是，他被我抓了个现行。”

“他被我抓了个现行。”斯波德补充。

“他被我们俩抓了个现行，”老巴塞特总结道，“这家伙在伦敦四处流窜，不管在哪儿，都能看到他偷钱包、偷雨伞。现在又流窜到格洛斯特郡来了。”

“胡说！”玛德琳说。

我认为，这乱摊子该收场了。我受够了什么抢钱包了。诚然，不应该指望裁判官对顾客的所有细节都信手拈来——其实呢，能记得顾客群就很不错了——但对这种事儿不能永远这么礼貌地置之不理。

“当然是胡说，”我振振有词，“这完全是一个好笑的误会。”

不得不说，解释的效果不如我预期。本以为我用只言片语概括完情况后，会爆发出满堂开心的大笑，接着是道歉啦、勾肩搭背啦之类的。老巴塞特呢，和大多数警察法庭的裁判官一样，不是容易轻信之人。裁判官的本性很快就暴露无疑。他老是打断、提问，并且问的时候还要斜视着我。大家肯定明白我的意思，就是“打断一下”“你刚才说——”“你是希望我们相信——”这种问题，很是无礼。

不过，经过重重艰难的铺垫，总算纠正他对雨伞的误会，他承认道，可能这一点上是有失偏颇。

“那钱包呢？”

“我没抢过钱包。”

“我肯定在勃舍街法庭办过你，我记得清清楚楚。”

“那次是偷警盔。”

“和抢钱包一样要不得。”

罗德里克·斯波德突然插进来，真是意想不到。在这场——唉，该死，这场《舞女伸冤记》[1]中，他一直站在旁边若有所思地吮枪口，似乎认为我的供词站不住脚。现在，他那食古不化的脸上闪现出一丝人类的感情。

“不对，”他说，“我看这话说得没有道理。我在牛津的时候也偷过警盔。”

我大吃一惊。从我与此人的交往来看，我无论如何也想不到他也曾天真烂漫过。不过这也证明了我常说的那句话，再坏的人也有好的一面。

老巴塞特明显吓了一跳，但马上又振作起来。

1 *The Trial of Mary Dugan*（1927），美国作家贝阿德·维叶（Bayard Veiller，1869—1943）的剧本，曾改编为舞台剧和电影。

“嗯，那古董店那件事又怎么解释，啊？咱们不是抓到他正要偷走我的奶牛盅吗？这他又有什么话说？”

斯波德似乎领会了其中深意。他拿开一直搭在嘴边的枪，点了点头。

“是店里那位兄台拿来给我瞧的，”我简要地说，“他说让我去外面看，那里亮堂。”

“你是冲出来的。”

“是跌出来。我被猫绊了一跤。”

“猫？”

“此生物似乎是店堂主人所有。”

“嗯。我没看见什么猫。罗德里克，你看见有只猫吗？”

“没有，没有猫。”

“嗯！好了，咱们暂且不睬那只猫——”

“可我踩了。”我这是灵光一闪。

“咱们暂且不睬那只猫，”老巴塞特故意不理我那句笑话，任它在那儿受死，“说下一个问题。你拿着那只奶牛盅，究竟是什么居心？你刚才说你想看看。你是希望我们相信，你不过是单纯地想审视把玩。为什么？你的动机呢？你这种人，对此物会有什么兴趣？”

“没错，”斯波德接口，“我正想问这个问题。”

同伙的这句声援对老巴塞特产生了极坏的影响。他大受鼓舞，现在一心一意地幻觉自己又置身于可恶的警察法庭。

“你刚才说，是店主将证物交给你的。据我看来，是你一把抢过来，正准备持赃潜逃。刚才斯波德先生又抓到你，人赃并获。你作何解释？你有什么话说？啊？”

“哎呀，爸爸！”玛德琳开口了。

相信大家都在好奇，在这场唇枪舌战当中，何以这个无情的女郎一直一言不发。原因很简单。事情是这样的：官司前半场，就在她说完“胡说”不久后，就不小心吞掉了某只类别不明的小昆虫，那以后就一直在背景里默默哽咽。由于气氛紧张，容不得我们分神去理会哽咽的小姐们，于是她就只好靠自己努力自救，而男士们则继续就议程表上的题目辩论到底。

她终于开口的时候眼睛里还有点雾蒙蒙的。

“哎呀，爸爸！”只听她说，“伯弟的第一个念头自然是看你的银器啦。他当然有兴趣。伯弟是特拉弗斯先生的侄子。”

“什么？”

“你不知道吗？伯弟，你叔叔有一套精美的藏品，是不是？想必他常常跟你提起爸爸的藏品吧。”

一阵静默。老巴塞特呼吸起伏不定，他那副样子我实在不喜欢。他瞧瞧我，又瞧瞧奶牛盅，瞧完奶牛盅又瞧我，瞧完我又瞧奶牛盅。要说猜不到他脑袋里转着什么念头，那可是远远低估了伯特伦的精明老练。如果说我曾看过某个花瓶计算“二加二等于几”的情形，那这只花瓶就是沃特金·巴塞特爵士。

“啊。”他开口了。

就这样，多一个字也没有，不过也足矣。

“劳驾，”我说，“我想发封电报。”

“到书房打电话过去就好了，”玛德琳回答，“我带你过去吧。”

她把我带到此工具前，说到门厅里等我，便离开了。我扑将过去，接通了邮局的电话，和貌似村里的傻子一阵你来我往后，发出以下电文：

伦敦伯克利广场查尔斯街42号

特拉弗斯夫人（收）

我顿了顿，理清了思绪，如是写道：

抱歉之至。无法完成某项任务。你懂的。此地疑心极重，有任何活动都将立刻毙命。刚才老巴塞特听闻我与汤姆叔叔血缘关系后的那眼神你是没看见。像大使发现有蒙面女子逡巡于藏有密函的保险箱前。不好意思啦，办不到嘛。爱你。伯弟

发完电报，我就去门厅里与玛德琳·巴塞特会合。

她正站在晴雨计旁边。这晴雨计要是有一点头脑的话，就不会指什么“晴”，而该指向“雷暴”。我慢吞吞地走过去，她转过身望着我，那温柔的瞪视叫伍斯特的脊梁骨一阵发麻。想到此人与果丝关系疏远，可能不日就要退回戒指和礼物，我就感到莫名的恐惧。

我打定主意，倘若阅历丰富的人一番低语能弥补缝隙，那此刻就是开口的时候。

“哎，伯弟，”她的声音低低的，像啤酒汩汩流出酒壶，“你真不该来的！”

刚刚与老巴塞特和斯波德碰面后，我心里的确萌生了类似的念头。但我没时间解释自己此番前来并非闲来无事；要不是果丝发出了求救信号，我才懒得靠近这鬼地方一百英里。她看着我，好像觉得我这只小兔子马上要变成地精。

"你何必要来呢？哎，我知道你想说什么。你心里想，不论付出什么代价，都非得再见我一面不可，就一面。这感觉如此强烈，不可抗拒，你要留下最后的一份回忆，珍藏起来，留给以后寂寞的岁月。哎，伯弟，你这样子，让我想起鲁德尔。"

这个人我头一次听说。"鲁德尔？"

"杰弗里·鲁德尔，布莱伊圣东日亲王。"

我摇了摇头："只怕没见过，你朋友？"

"他是中世纪的一位大诗人。他爱上了的黎波里公爵夫人。"

我一阵不安。希望这故事里的言辞不要过于放荡呀。

"他多年来一直爱着她，最后终于忍不住相思，于是乘船驶向的黎波里，最后由侍从抬到岸上。"

"不舒服是吗？"我搜肠刮肚，"风浪太大？"

"他命不久矣，因为相思。"

"啊哦。"

"侍从们用舆轿抬着他来到梅丽桑德夫人身前，他只剩下最后一点力气去握夫人的手，然后就去了。"

她顿了一顿，哧地叹了一口气，很像从连裤衬衣里冒出来的声音。然后好一阵没有话说。

"好极了。"我觉得应该说点什么。虽然私下里我觉得这故事根本比不上流动小贩和农家女的故事[1]。当然了，要是认得这老兄，那是另作别论。

她又是一声叹息。

“这下你该懂了，我为什么说你这样子让我想起鲁德尔。你就像他，是最后来见一见心上人。伯弟，你这样难得，我永远都不会忘。对我来说，这会是一瓣馨香的回忆，像夹在旧相册里的一朵花。但是，这明智吗？你该坚强一点啊。那天我们在布林克利庄园互道珍重，一切就此了断岂不是更好，现在还来揭开伤口做什么呢？一朝相逢，你爱上了我，但是我只能对你说，我心有所属。那就该是我们的永别了。”

“可不是。”我心说这番话是不错，如果情况属实的话。她要真的是心有所属，那敢情好，伯特伦可比谁都开心。但是问题就出在这上头——是真的吗？“可是我收到果丝的电报，里面透露说你跟他‘咔嚓’了。”

她看我的眼神好像是突然灵光一闪，在右上角填了个“鸸鹋”，一举拿下填字游戏。

“原来你是为这个来的！你以为可能还有一线希望？哎，伯弟，对不起，真的对不起……”她眼里浮起雾蒙蒙的泪珠儿，像盘子般大小，“不，伯弟，没有希望的，没有的。你还是别再做这些不切实际的梦了，到头来只有伤心。我爱奥古斯都，他是我的真命天子。”

“这么说你们没有一刀两断？”

“当然没有。”

1　流动小贩和农家女是西方文化中的两个固定角色，情节一般为单纯热情的农家女被小贩勾引。

"那他说'玛德琳与本人严重失和'是什么意思？"

"啊，这个呀，"她又爆发出清脆的银铃般的笑声，"都是误会，很傻很可笑的，不过是个不值一提的小误会。我以为他和我表妹史黛芬妮打情骂俏，一时昏了头，吃他的醋。不过今天早上他都解释过啦，他不过是帮史黛芬妮吹掉眼里的沙子。"

我琢磨着，被这么大老远地拽过来，结果还白跑一趟，我很有充分的理由冒点儿火气，但我非但没有，反而精神焕发。之前说过，果丝那封电报让我心旌动摇，怕最担心的事要发生了。现在警报解除，并且还是从虎口里直接传来的内部权威消息，宣布这个小脓包和果丝好得呱呱叫。

"这么说一切都好，是吗？"

"一切都好。我如今只有更爱奥古斯都。"

"老天，真的假的？"

"每时每刻，他美好的品格都像可爱的花儿一样绽放。"

"哦哟，真的？"

"每一天，我都能发现他不凡的性格里有新的一面。比如说……你最近和他碰面了吧？"

"啊，可不。前天晚上还请他在鑫斯吃饭呢。"

"不知道你有没有注意，他和以前不同了？"

我将思绪拉回上述酒宴。据我回忆，果丝还是和印象中一模一样，鱼脸怪人一个。

"不同？没有啊，我不觉得。当然啦，在宴席上我也没机会仔细观察他，对他'终其本源'，我的意思你懂吧。他是坐在我身边，跟我谈天说地的，不过身为宴席的主人，你也知道，有各种各样的事儿分散你的注意力……时刻瞄着侍应啦，引导谈话方向啦，还得拦着凯特猫·波特–珀布莱特模仿比阿特丽斯·莉莉[1]……有百十来件小职责。我觉着他还是那样啊，你说的是什么样的不同？”

“是日臻完美，如果人真的可以如此的话。伯弟，你以前有没有过这种感觉，要说奥古斯都有什么缺点，那就是有点内向？”

她的意思我懂了。

“啊哦，对，当然，绝对是。”我想起吉夫斯就曾说过，“一株敏感的植物，是不？”

“正是。伯弟，你果然熟读雪莱。”

“呃，我熟吗？”

“我也一向这么看待他，一株敏感的植物，很难经得起生活的纷纷攘攘。可是最近，就是这个星期以来，他除了有梦想家浪漫可爱的一面，还表现出一种性格力量，这是我从来没有想到的。他似乎彻底摆脱了不自信的一面。”

“老天，没错，”我想起来了，“可不是。知道吗？那天他在饭桌上还致辞来着，而且讲得还特别顺溜。对，而且他……”

我及时打住。我本想说，而且不同于在斯诺兹伯里集市颁奖那回，他从头到尾只喝了橘子汁，那次他肚子里可是澎湃着六斤混合兴奋饮料啊——我看出这话可能有欠考虑，倾慕对象在斯诺兹伯里集市的即兴表演那一幕，她无疑想努力忘却。

“是啊，今天早上，”她接口，“他还很不客气地顶撞斯波德。”

1　Beatrice Lillie（1894—1989），英国喜剧演员。

“真的假的？”

“真的，他们两个当时在争论，奥古斯都说，‘煮你的大头去吧’。”

“哎哟。”

我自然一个字也不信。哼，谁信哪！那可是罗德里克·斯波德，要知道这家伙就算闭着眼睛，也能比画个自由式摔跤手势叫他注意用词。这事儿根本不可能。

这其中缘故我当然明白。她是想打造男友的美好形象，并且和全天下的女友一样，总是做过了头。我发现初为人妻的也有这个毛病，她们想骗你说赫伯特还是乔治还是谁谁的有人所不知的内涵，那些无所用心的无聊人士很容易忽略。在这种时候女士们总不晓得见好就收。记得有一回炳哥·利透夫人在婚后不久跟我说，炳哥用诗意的语言跟她描述夕阳。炳哥的老朋友自然都心知肚明，这老伙计一辈子根本不知道有夕阳这回事，万一叫他一不小心见着了，他也只会说，这玩意儿叫他想起一片烤牛肉，火候刚到家。

即便如此，当面拆穿女孩子说谎也是不妥的，于是我才说“哎哟”。

“这样一来，他真的一处缺点也没有啦。伯弟，有时候我想，自己是不是配不上这颗美好的灵魂？”

“哎，我可不会想这种蠢事，”我真心诚意地说，“你当然配。”

“你真好，这么安慰我。”

“哪儿的话。你们两个像猪肉菜豆一样般配。人人都看得出，这就是，怎么说来着……天作之合。我打小儿就认识果丝，每次都想，果丝日后可得找一个你这样的伴侣。”

“真的？”

“绝对真。遇见你的时候我就想：‘就是她！她终于冒出来了！’婚礼定在什么时候？”

“二十三号。”

“我看还是提前点好。”

“你真这样想？”

“千真万确。早点结束，就不用总惦记了。像果丝这样的小伙子，还是早点嫁的好。这么好，这么优秀。我最敬佩的人就是他了。果丝这样的可不好找，最可靠不过啦。”

她握住我的手按了一按。很不好受，诚然，但是我得做到宠辱不惊。

“啊，伯弟！你永远是这样的慷慨大度！”

“不不，哪儿有。实话实说罢了。”

“我真高兴，这……这件事……并没有影响你对奥古斯都的友谊。”

“怎么会呢？”

“很多人都要怀恨在心的。”

“很多人是蠢货。”

“但你这么高尚，还替他说了这么多好话。”

“哦，可不。”

“好伯弟！”

我们畅快地分手，她跑去忙乎什么内务，我去客厅找两口茶喝。她正在节食，不用茶点。

我走到客厅门口，看到房门半掩，正要推门进去，就听到里面传出说话声，内容如下：

“那就行行好，别胡说了，斯波德！”

我知道这声音是谁，绝不会有错。从小时候起，果丝的音色就与众不同，别具特色，一半让人联想到煤气管漏气，一半又想到母羊在产羔季节呼唤小羊羔。

至于他说话的内容，也不可能有错。我听得一字一句真真切切，要说我吃惊不小，那就是轻描淡写了。此刻我认识到，看来玛德琳·巴塞特的胡诌还可能真有一点儿属实。我是说，此刻叫斯波德不要胡说的奥古斯都·粉克-诺透，很可能也曾叫人家去煮他的大头。

我跨过门槛，心里好不诧异。

茶壶后头藏着个模糊不清的女性身影，看起来很像是姻亲之类的，此外在座的只有沃特金·巴塞特爵士、罗德里克·斯波德和果丝。果丝正叉着双腿坐在壁炉毯上烤火，必须指出，这个位置本该是供一家之主的裤臀部专享的。我立刻明白了玛德琳的意思：果丝摆脱了不自信的一面。就算他在房间那头我也看得出，说到自信呢，怕是墨索里尼也该上上他的函授课。

他瞧见我进屋，便屈尊俯就地向我挥动那高贵的手爪，活脱脱是红光满面的地主老爷接见佃户。

“哦，伯弟，你来啦。”

“是啊。”

“快进来，进来吃块烤饼。”

“谢啦。”

“我叫你带的那本书呢？”

“很对不住，我给忘了。”

“哼，呆头呆脑的笨瓜里头自然数你最笨。别人聆听我们的问题，汝却不受约束。”

他做了个不耐烦的手势，算是打发了我，又伸手拿了一块罐头肉三明治。

事后想来，托特利庄园的接风宴无论如何也算不得最美好的回忆。对于抵达乡间别墅后的那一盏茶，我向来是情有独钟。我爱那柴火的噼啪作响，柔和的灯光，烤面包上的黄油香，那种无忧无虑的舒适意境。还有，女主人灿烂的笑容，男主人拽拽我衣肘凑近低语：“咱们别待在这儿啦，到军械库去来杯威士忌苏打。”这里面有种东西总能触及我的心灵深处。常听人说，这种环境中的伯特伦·伍斯特最具魅力。

可惜，所有“彼焉乃忒”[1]之感都被果丝怪异的举止破坏了，他那样子，好像这地方叫他买下了似的。待闲杂人等终于散去，我才松了口气。这里的重重谜团正等着我一探究竟。

不过，我认为首先应该就他和玛德琳事件征询一下独立意见。玛德琳说一切又好得不得了啦，不过这种问题总是叫人将信将疑。

“我刚刚见到玛德琳，”我说，“她说你们两个又和好了，是不是？”

“没错，因为我帮史黛芬妮·宾弄掉眼里的沙子，她闹了一点小情绪，我一时慌了神，拍电报叫你过来，觉着你能替我求求情。不过现在不需要了，我采取了强硬政策，现在一切都好。不

1 bien-être [法]：舒适惬意。

过，既然来了，不妨住上几天。”

“好的。”

“你见到你姑妈肯定很高兴。据我所知她晚上就到了。”

我完全摸不着头脑。阿加莎姑妈得了黄疸，正在住院，前两天我还带着鲜花去探望她来着。当然也不可能是达丽姑妈，她根本没提要来滋扰托特利庄园的打算嘛。

“搞错了。”我说。

“才没搞错呢。玛德琳给我看了她今天早上发来的电报，问可否暂住一两天。我看到地址是伦敦，这么说她不在布林克利了。”

我目瞪口呆。

“你说的不是我达丽姑妈吧？”

“我说的就是你达丽姑妈。”

“你是说，达丽姑妈今天晚上要来？”

“没错。”

真是晴天霹雳。我不由得咬着下唇，担忧全写在了脸上。她突然决定尾随我来托特利庄园，原因只有一个。她一定是思来想去，开始怀疑我成功的决心，认为最好还是跑过来监视我，确保我不会临阵脱逃。由于我已经打定主意脱逃，可以预见，必然有一场腥风血雨。她对不服管教的侄子怕是会像当年的哟嗬岁月中对付不肯隐藏气味的猎狗。

“我说，”果丝接着说，“她现在说话是什么动静？要是她在逗留期间还敢对我作打猎声，我可就不得不狠狠地批评她啦。我在布林克利可是受够了。”

我本来想继续思考这不容乐观的新情况，不过我看出，这是提示我该一探究竟了。

“果丝，你这是怎么了？”我问。

“嗯？”

“你什么时候变成这样了？”

“这话我可听不懂了。”

“嘿，就好比说批评达丽姑妈这话。在布林克利的时候，你在她面前就像只湿袜子似的缩成一团。再好比说叫斯波德不要胡说。对了，他胡说什么了？”

“我忘了。他老是胡说八道。”

“我可没胆量叫斯波德别胡说。”我坦诚地说。这份率直立刻获得了回应。

“哎，实话告诉你吧，伯弟，”果丝开始坦白交代，“一个星期前我也不敢。”

“一个星期前出什么事了？”

“我经历了精神的重生。多亏吉夫斯。真是个人物，伯弟！”

“啊！”

“我们都是怕黑的小孩子，吉夫斯就像智慧的奶妈，握住我们的手，指引我们——”

“点亮了灯？”

“正是。想听吗？我讲给你。”

我向他保证自己迫不及待，然后安坐在椅子里，点上一支烟，等着聆听内幕故事。

果丝静静地站了一会儿，看得出是在铺陈事实。只见他摘下眼镜，一阵擦拭。

“一个星期前，伯弟，”他开口道，“我的生活遭遇了一场危机，面前的这场磨难，叫我一想到就觉着天昏地暗。我得知喜宴上需要我致辞。”

“哎，那还用说。”

“我也知道，但不晓得为什么，我就是毫无防备，听到消息真是如遭雷击。至于我为什么赤裸裸地惧怕在喜宴上致辞，原因就是到时候罗德里克·斯波德和沃特金·巴塞特爵士也会在场。你和沃特金爵士熟吗？”

“不太熟。他有一回在警察法庭上罚了我五镑。”

“哎，信我一句话，他是块硬骨头，而且强烈反对我做他的女婿。第一，他希望女儿嫁给斯波德。对，顺便告诉你，斯波德从玛德琳那么点儿大的时候就爱着她。”

“嗯，是吗？”礼貌起见，我故意不动声色。我心里诧异，除了果丝这种持有证明的笨蛋，居然还有人存心爱上玛德琳。

“是啊。不过玛德琳要嫁的是我，而且斯波德也不想娶她。他自认是‘天降大任[1]’，相信婚姻会阻碍他实现使命。他想效法拿破仑。”

我感到，在继续展开调查前，必须先搞清楚斯波德这厮的内幕。什么“天降大任”那一句我没听懂。

“什么意思，他有什么使命？他是个名人不成？”

“你难道从来不看报纸？罗德里克·斯波德是‘不列颠救世会’的创始人兼会长，这是个法西斯组织，俗称‘黑裤党’，他

1 原文“Man of Destiny”，指萧伯纳以拿破仑为主人公的剧本。

和那帮追随者老喜欢闹事。他立志要成为大独裁者。”

“哎呀，该死了！”

我真为自己敏锐的洞察力而震惊。各位还记得吧，我见到斯波德那一刻，心里就在想：“嘿哟，大独裁者！”他果然是大独裁者不假。我一点儿也不逊于某些侦探，他们看到某路人就推测，此人是退休的提升阀生产商，姓罗宾逊，一侧肩膀患有风湿，家住伦敦西南的克拉珀姆区。

“哎呀，见鬼了！我就猜到他是这种人。那下巴，那眼睛……对，说到这儿，还有那撇八字胡。对了，你刚才说‘黑裤’，其实是想说‘黑衫’吧？”

“不是。斯波德成立协会的时候，衬衫都给人挑没了，他跟那帮随从都穿黑色的短裤[1]。”

“踢足球穿的那种？”

“对。”

“丑死了。”

“对。”

“露着膝盖？”

“对。”

“天啊！”

“对。”

脑中突然闪出个念头，如此令人反胃，叫我差点掉了嘴里的香烟。

1 斯波德的人物原型是奥斯瓦德·莫斯利爵士（Sir Oswald Mosley，1896—1980），不列颠法西斯联盟（British Union of Fascists）的创立者。由于该组织成员穿黑衬衫，因此称“黑衫党”。果丝话中的意思即是黑衫已经被该组织挑光了。

“老巴塞特也穿黑短裤？”

“没，他不是不列颠救世会的。”

“那他是怎么和斯波德搅在一块儿的？我看见他们俩在伦敦形影不离，像两个上岸休假的水兵。”

“沃特金爵士和斯波德的姑妈温特格林太太订了婚。她是温特格林上校的遗孀，住在蓬街[1]。”

我默默地回顾了一下古董店的情景。

话说站在被告席的时候，裁判官在夹鼻眼镜上头瞪视我，对“犯人伍斯特”念念有词，使得我有充分的机会把他看了个够。那天在勃舍街，沃特金·巴塞特爵士给我留下的主要印象就是他脾气不好。但是，在古董店那次，他给人的感觉是找到了幸运鸟。他蹦蹦跳跳的，像热锅上快活的猫，他一边给斯波德展示他的宝贝，一边叽叽喳喳地嚷，“我看你姑妈会喜欢吧？”还有“这个呢”之类的。他那股热情洋溢的劲儿，我现在终于窥到了一点端倪。

“知道吗？果丝，”我说，“我有个想法，他是昨天追到手的。”

“很可能。不过别管他了，这不是重点。”

“嗯，我知道，很有意思不是。”

“不对，才没有。”

“可能你说得有理。”

“咱们别老跑题，”果丝号召继续开会，“我说到哪儿了？”

1 Pont Street，伦敦中心的高档住宅区。

“不知道。”

“有了。我刚才说到，沃特金爵士不喜欢我做他的女婿。斯波德也反对，而且一点儿也不掩饰他的想法。他原先老是躲在角落跳出来吓我，还压低了嗓子威胁我。”

“你肯定不乐意吧。”

“当然。”

“他干吗压低了嗓子威胁你？”

“他虽然不肯娶玛德琳——好像人家愿意嫁他似的，但是却把自己看成她的守护骑士。他老跟我啰唆什么他以这个小姑娘的幸福为己任，要是我叫人家伤心，他就要拧断我的脖子。他压低了嗓子主要就是威胁这些。当时玛德琳看到我跟史黛芬妮·宾一起之后对我疏远起来，我一时心急，这也是其中一个原因。”

“果丝，告诉我，你和史呆究竟怎么回事？”

“她眼里进了沙子，我帮她弄掉。”

我点点头。既然是编故事，那还是一口咬定明智些。

“斯波德的事儿就讲到这儿吧。现在讲讲沃特金·巴塞特爵士。第一次见面我就看出，我不是他的理想人选。”

“我看也是。”

“你知道，我和玛德琳是在布林克利庄园订的婚，消息是事后写信通知他的。我猜这宝贝小姐一定把我狠狠夸了一通，导致他以为我是罗伯特·泰勒加爱因斯坦。反正呢，最终见到我这个准女婿的时候，他怔了一怔，说了一句‘什么？’一副不可置信的样子，好像以为这是个恶作剧，真正的那位接着会从椅子后面跳出来喊‘着！’最后，等他明白过来真没骗他的时候，就躲到角落里坐下，头捂在双手里。再往后，我常常看到他从夹鼻眼镜上方瞪我，叫我心神不宁的。”

这不足为奇。之前已经提过老巴塞特“夹鼻眼镜上方的瞪视”对我造成的影响，可以想见，目标换成果丝，这个老伙计八成也要大受震动。

“他还嗤之以鼻的。还有，他听玛德琳说我在卧室里养水螈，就说了一句特别侮辱人的话。虽然压低了声音，但我可听得清清楚楚。”

“你把水螈兵也带来了？”

“当然了，我正在进行一项非常精密的实验。一位美国教授研究发现，满月会对数种海洋生物的求偶方式产生特殊影响，其中包括一种鱼类、两类海星种群、八种深海蠕虫和一种带状海藻，叫网地藻。再过两三天就是满月了，我要观察一下水螈的求偶方式是不是也受到影响。”

“说到底，水螈又有什么求偶方式？你以前跟我说过，水螈在交配期就是相互摇晃尾巴。”

“一点不错。”

我耸耸肩：“那好吧，它们自己喜欢就行，反正我对如火的热情另有见解。这么说，老巴塞特不喜欢这些不说话的朋友？”

“是。我没有哪点是他喜欢的，所以一切就难上加难，格外不愉快。再加上一个斯波德。我越来越坐立不安，这下你明白原因了吧。然后呢，一个晴天霹雳，他们突然说我得在喜宴上致辞，来宾呢，刚才说了，包括罗德里克·斯波德和沃特金·巴塞特爵士。”他顿了顿，抽搐似的吞了一口吐沫，好像哈巴狗吃药丸。

“伯弟，我一向腼腆，不自信，这是天性极其敏感的代价。

你也知道，不管什么致辞，我都一个态度，就是想想也怕得要命。那回我中了你的圈套，要在斯诺兹伯里集市颁奖，一想到站在讲台上，面对一群满脸粉刺的小鬼头，我吓得都要昏倒了，夜里噩梦连连。所以可以想象，婚宴这事儿对我得什么样。要是单单对着一群姑姑婶婶表姐妹发表长篇大论，我兴许还能鼓起勇气。虽然不能说轻轻松松，但至少能应付过去。但是，左边一个斯波德，右边一个沃特金爵士……我无论如何也办不到啊。但是，就在夜幕将我笼罩，黑暗深不见底之时[1]，突然出现了一线希望之光。我想到了吉夫斯。”

他举起一只手，我猜他是想脱帽致敬的意思，不过，此计宣告失败，因为他头上没戴帽子。

“我想到了吉夫斯，”他重复了一遍，“于是就搭上去伦敦的火车，把麻烦说给他听。真走运，差点错过他。”

“你说差点错过，什么意思？”

“他要出国了呀。”

“他才没有要出国。”

“他说你们马上要登上邮轮，环游世界去了。”

“啊，没有，已经取消了。我不喜欢。”

“吉夫斯说了取消？”

“没有，我说的。”

“哦？”

他的表情有点奇怪，我以为他还有话要说，不过他只是阴阳怪气地干笑了一声，就继续讲他的故事了。

1　出自英国诗人威廉·厄内斯特·亨利（William Ernest Henley，1849—1903）的名诗《不可征服》（*Invictus*, 1888）。

“嗯，刚才说到我去找吉夫斯，把我的事说给他听，求他帮我想想办法，把我拉出这个烂泥塘，而且我安慰他说，就算想不出办法我也决不怪他，因为我几天来思前想后，觉得这事儿非人力所能及。你大概不信，伯弟，他给我倒的那杯橘子汁我还没喝完一半，他就把问题解决了。我简直不敢相信。好奇一下，他的大脑有多重？”

“我猜是不轻，他很爱吃鱼。这么说这个点子能成？”

“简直太棒了。他从心理学角度来看这个问题，他说，终其本源，怯于在公共场合演讲源于对观众的恐惧感。”

“哦，这个我也懂的。”

“是，不过他还有解决办法。他说，对不屑一顾之人，我们向来不会心生畏惧。因此只要对聆听对象培养鄙夷之情。”

“怎么培养？”

“很简单，只要在头脑里装满鄙视他们的想法就行了。你这样想：‘想想史密斯鼻子上的粉刺’‘记着琼斯的招风耳’‘别忘了罗宾逊有一回买三等票混进头等车厢被揪到法庭’‘记住有一回看到小布朗在儿童聚会上吐了’……就这样。如此一来，等你对着史密斯、琼斯、罗宾逊、布朗致辞的时候，他们就吓不到你了，你将凌驾于其上。”

我琢磨了一阵。“我明白了。嗯，是，听着很不错嘛，果丝。但是真的有实效吗？”

“老伙计，这办法可灵了，我试验过了。还记得那天吃饭我致辞来着？”

我一惊。“难不成你在鄙视我们大伙？”

“当然，从头到尾。”

“什么？包括我？”

“你、弗雷迪·韦珍、炳哥·利透、凯特猫·波特-珀布莱特、八爷·丰吉-菲普斯，在场的每一位。‘米虫！’我这样想，‘这都是些什么人？’我这样想。‘瞧瞧小伯弟，’我这样想，‘天啊！’我这样想，‘他那些事儿我全知道！’就这样，我把你们都玩弄于股掌之上，最后大获全胜。”

不得不承认，我感觉到一丝气恼。我是说，果丝这个大傻瓜还敢嘲笑我——况且他猛灌的还是我的橘子汁。不过，我很快就释然了。我劝自己说，毕竟，最重要的问题就是保证粉克-诺透这家伙越过终点线，踏上蜜月之旅，其他考虑都得放在其次。要是没有吉夫斯这条建议，斯波德压低了嗓子的威胁，再加上沃特金爵士的嗤之以鼻和夹鼻眼镜上方的瞪视，大概足以彻底消灭他的士气，叫他取消婚礼安排，跑到非洲捉水螈去了。

“嗯，是，”我于是说，“我懂了。可是该死，果丝，就算你真有理由蔑视八爷·丰吉-菲普斯还有凯特猫·波特-珀布莱特，再退一步说，兴许还有我本人，但你总没有办法鄙视斯波德呀。”

“没办法？”他轻笑一声，“我倒立都办得到。还有沃特金爵士。这么说吧，伯弟，对这场喜宴，我毫无畏惧。我信心百倍，兴致勃勃。到时候绝对没有面红耳赤啦，张口结舌啦，绞手指啦，扯桌布啦，这些，像大多数新郎那样。我会迎着众人的目光，叫他们胆怯退缩。至于姑姑婶婶表姐妹呢，我会叫她们笑得东倒西歪。听完吉夫斯那番话，我就开始在脑袋里构思，如何让罗德里克·斯波德和沃特金·巴塞特爵士沦为众人的笑柄。光是巴塞特爵士的事迹我就总结了五十多条，你听了之后一定疑惑，这些年来英国怎么会容忍这么个精神和物质上的糟粕。我都记录在小本子里了。”

“你都记录在小本子里了？”

“一个皮面的小本子，我在村子里买的。”

必须坦言，我感到一丝不安。按说他会把这东西妥善保管，不过想到世界上有这么个小本子，就叫人惴惴不安。我不由得想，万一落在不义之人手中，那将是何种后果、何种下场。这种宣传手册威力如同炸药。

“你放在哪儿了？”

“在我胸前口袋里，就在这儿。咦，怎么不在了？奇怪，”果丝说，“我肯定是丢哪儿了。”

第四章

不知道大家有没有过这种经历：在生命的旅程中，时不时的总有些神来之笔，凭肉眼就能立刻辨识出来。莫名地你就知道，这些经历会永远地镌刻——应该是这个词儿——在记忆中，在以后的岁月里，它们会不时地在你半睡半醒间袭来，瞬间驱走睡意，使你从枕头上一跃而起，像被鱼叉刺中的大马哈鱼。

就我本人来说，其中一个叫我念念不忘的记忆发生在第一所私立学校。我趁夜深人静之时偷偷潜入校长室——手下的密探报告说，校长书架下面的柜子里藏有一盒饼干。结果呢，等我深入虎穴且绝无可能怯生生地全身而退后，我发现这老先生正端坐在椅子里，并且——事后想来我总觉十分蹊跷——正忙着撰写我的期末报告。其内容自然是惨不忍睹。

如果说伯特伦这种情况下依旧保持了一贯的"伤不化"[1]而岿然不动，那可能的确与事实大有出入。但现在我决不打诳语：虽然我在上述情景中望着奥布里·厄普约翰牧师吓得面如土色，但那土色决不及此刻听到果丝这句话时的一半。

---

1 sang-froid [法]：冷静。

“丢了？”我声音打战。

“是，不过没事儿。”

“没事儿？”

“我是说，写的什么我都记住了。”

“哦，这样啊，那就好。”

“是。”

“写了很多吗？”

“嗯，一堆呢。”

“都是猛料？”

“经典啊。”

“哦，那可好了。”

我望着他，心中的佩服之情不断滋长。按理说，到了这份儿上，就算他是非正常得超凡脱俗，也该意识到要大难临头了。非也。他的玳瑁眼镜活泼泼地闪烁，他满满的“一郎”和“爱司皮耶哥乐里”[1]，世间一切烦恼都与他无关。以脖子为界，以下没什么问题，以上为混凝土砌成——这便是奥古斯都·粉克-诺透是也。

“嗯，可不，”他说，“我全都认真背下来了，而且我很引以为傲。在这个星期里，我对罗德里克·斯波德和沃特金·巴塞特爵士的性格特点进行了毫不留情的分析，还深入彻底地研究了这两个脓包的本质。真神奇，一经分析，就能收集到这么多素材。你听过沃特金·巴塞特爵士喝汤的动静吗？简直堪比苏格兰特快列车穿越隧道。你见过斯波德吃芦笋的嘴脸吗？”

1 élan; espièglerie [法]：活力，顽皮。

“没。”

“叫人反胃。足以叫人怀疑‘人是万物之灵’的论断。”

“这两条你都记在小本子里了？”

“大概写了半页纸。这些都只是表面上的小缺点。我大部分的研究要深入得多呢。”

“这样啊。你是铆足了劲儿？”

“可不是。”

“全都是漂亮精辟的材料？”

“字字珠玑呀。”

“太妙了。看来老巴塞特读起来是绝对不会兴味索然咯。”

“读起来？”

“哼，捡到的人完全有可能是他，对吧？”

记得吉夫斯有一次说到天气永远无法预测的话题，感叹多少次他曾看见灿烂的清晨，用那至尊的眼媚悦着山顶[1]，然后下午就不招人待见了。这句话形容果丝正合适。他本来像探照灯似的满脸放光，听我这么一说，那光辉猛然消失，就像“啪”的一声给拉了总闸。

他对着我目瞪口呆，仿佛我当年对着奥布里·厄普约翰牧师。我又想起有一回在摩纳哥皇家水族馆里惊了一条鱼，虽然已经记不得它的种类，不过那鱼的表情简直和果丝的一模一样。

“这我可没想过！”

“得想想了。”

“天呀！”

1　莎士比亚十四行诗第33，“多少次我曾看见灿烂的朝阳/用他那至尊的眼媚悦着山顶”，梁宗岱译，略有改动。

“对。”

“地呀！”

“可不。”

“我的神仙姑姑呀！”

“千真万确。”

他梦游似的晃到桌边，捡了一块冷饼嚼起来。他和我四目相对——他那两目鼓着。“假设真叫老巴塞特捡到，你觉得会有什么后果？”

这道题目我会答。“他会立刻叫婚礼泡汤。”

“你真这么想？”

“没错。”

他被烤饼噎住了。

“他当然要这么做，”我接着说，“你也说了，他一直不看好你这个准女婿。读了那个小本子以后，他也不可能对你突然生出好感。他肯定瞥上一眼，就要宣布撤销蛋糕订单，然后警告玛德琳，要想嫁你，除非他死了。玛德琳呢，可不是会违抗父命的小姐。”

“天呀！”

“不过呢，老兄，先不忙担心这个，”我随即指出光明的一面，“等不到这一幕，斯波德就已经把你的脖子扭断了。”

他虚弱地又拿起一块烤饼。

“糟了，伯弟。”

“是不大妙。”

“我掉进火坑了。”

“烧到眉毛了。”

“可怎么是好？”

“不知道啊。”

“你不能想个办法吗？”

“想不到。成事在天，咱们必须得相信神力。”

“你是说，去请教吉夫斯？”

我摇摇脑袋瓜。

“这回吉夫斯也帮不了咱们。问题很简单，就是赶在老巴塞特前找回这个小本子。你干吗不把东西锁起来放好？”

“不行，我时时刻刻都要记录新的想法，灵感什么时候来，谁也不知道，我得随身带着。”

“你确定是放在胸前口袋？”

“确定。”

“有没有可能放在卧室了？”

“不可能，为了安全起见，我一直带在身上。”

“安全，是哦。”

“并且我也说过，我时刻要用的。我想想，最后一次是在哪里见的。等等。有点眉目了。对，我想起来了，是在水泵那儿。”

“水泵？”

“在马厩里，用来提水喂马的。对，最后一次见就是在那儿，昨天午饭前的事儿。我掏出小本子，记录沃特金爵士早上如何稀里呼噜地喝粥，刚写完这段批评，就遇见史黛芬妮·宾，她眼里刚巧进了沙子，我帮她弄掉。伯弟！”他突然大喊一声，不再言语了。只见他眼镜上闪过一道古怪的光。他“啷”的一拳捶在桌子上。这笨蛋。早该知道会打翻牛奶嘛。“伯弟，我想起来啦，就像幕布掀起，真相大白了。我记得清清楚楚，当时我拿出小本子，记下喝粥这条，然后放回胸前口袋。口袋里还放着手帕。”

“那又怎么样？”

“口袋里还放着手帕，”他又念叨了一遍，“还没明白？用用脑子，老兄，女孩家眼里进了沙子，你第一反应是什么？”

我一声惊呼：“掏手帕！”

“没错。掏手帕，用边边把沙子弄出来。要是手帕旁边还有一个棕色的皮面小本子——”

“就会掉出来——”

“掉到地上——”

“不知道哪儿去了。”

“我知道哪儿去了。这就是重点，我闭着眼睛也能摸回去。”

一瞬间我大为振奋，但很快又愁起来。“你刚才说是昨天午饭前？那肯定已经被人捡走了。”

“我正要说呢。我刚刚想到，处理完沙子，我立刻听到史黛芬妮说：‘咦，这是什么？’然后看到她弯腰去捡什么东西。我当时没太留意，因为我看到了玛德琳。她站在马厩门口，神色冷冷的。不妨告诉你，为了弄掉沙子，我不得不用手托着史黛芬妮的下巴，好叫她不要乱动。”

“那是。”

“这是少不得的。”

“绝对。”

“要是头动来动去，那就没法动手了。我想跟玛德琳讲讲这个道理，但是她不肯听。她昂着头，拔腿就走，我也拔腿就追。直到今天早上我才跟她说明真相，叫她相信了我的话。这期间，我把弯腰捡东西的史黛芬妮忘得一干二净。我看很明显，这小本子现在就握在这个宾小姐手里。”

“无疑。”

“那就好了。咱们找到她，请她把东西物归原主，她照做。估计她读得不亦乐乎吧。”

“她人在哪儿？”

“我好像记得听她说要徒步去村子那边，应该是去找助理牧师套近乎了。你要是没有别的事儿，不如当散步，去那边找她。”

“好的。”

“对了，小心她那条苏梗，估计她带在身边了。”

“哦，好，多谢了。”

我记得吃饭的时候他跟我提过这只畜生。没错，当时上面拖鳎鱼的时候，他给我展示了腿部的伤痛处，害得我没敢碰那道菜。

“如蛇之噬。”

“好啦，我会小心。我看我还是马上出发吧。”

没用多久我就走到了车道尽头，走到大门口时，我站住了。我琢磨着最好是在这附近晃悠，守株待史呆兔。我点了一支烟，开始冥思苦想。

虽然心情比方才稍微轻松了些，但一颗惊魂还是未定。在那个小本子安全地物归原主之前，伍斯特的灵魂总是不得真正的安宁。能不能失而复得，可决定着生死存亡。我跟果丝也说了，要是老巴塞特摆出严父的架势，对婚事提出异议[1]，玛德琳决不会挺

1　英国国教中，需在婚前三个星期天连续在教堂等处公开预告婚讯；对未达法定年龄者，若父母或监护人对结婚公告提出异议则不得结婚。

胸抬头地痛击一句时髦的“爱咋咋地”。一眼就能看出，玛德琳属于仅存的那一小撮的听话闺女，我乐意押一赔十：如果发生上述情形，她会叹口气，默默掉一滴相思泪，不过等一切烟消云散之后，果丝还是要恢复自由身的。

我认真地考虑着严肃的问题，这时思绪突然被打断了。我面前的那条路上，一场人间闹剧正拉开序幕。

此时，夜幕已经开始肆意降临，不过能见度还过得去，我瞧见路那头一个又高又壮、脸如满月的警察正骑着自行车驶来。看得出，他此刻平和得与世无争。结束了一天的巡逻任务——也可能没结束，不过他现在明显不在当差，整个态度就是心中了无牵挂，除了头上警盔。

好了，若各位知道他双手没握车把，就该知道，这位安详的捕快是何等的快活似神仙啊。

说到剧情突变，就是他显然还没有注意到有一个坚强隐忍又专注的身影正对他紧追不舍——那便是条不负盛名的亚伯丁梗了。这边厢，他还在悠然骑着自行车，嗅着清新的晚风，而那边厢，这眉毛胡子不分的苏梗正全力朝他飞奔。后来我跟吉夫斯描述这一场景，他说这情景十分类似古希腊悲剧中动人的一幕：那小英雄登高远眺，意气风发，殊不知复仇女神就在他脚边。吉夫斯说得也许不错。

刚才说到，这位警官双手脱把，否则这出悲剧也不会如此一发不可收拾。想当年我也是个自行车少年，好像以前也提过，我还在某个村子的体育节目中拿过唱诗班障碍赛冠军。我可以作证，骑车要想脱把，首先一定要保证私密的、不受任何打扰的环境。若有一点点迹象显示某只苏梗出其不意地攻脚踝骨之不备，那就要“吱呀”一个急转。众所周知，要是双手没有牢牢地握住车把，“吱呀”就意味着“扑通咣当哗啦啦”。

说时迟那时快，“扑通”——而且是我有生以来有幸目睹的最精彩的一个——这位执法人员倒下了。前一秒他还兴高采烈，后一秒他已经置身水沟，只见胳膊腿儿轮子什么的舞成一团。那小梗站在水沟边上俯视他，一副得意洋洋、叫人恨的正义面孔。我已注意到这是亚伯丁梗和人类交锋时的惯用表情。

他在水沟里扭动挣扎，要解救自己于这团乱麻中，这时街角走来一个年轻漂亮的姑娘，裹着一身混色毛花呢。我认出，这熟悉的面孔正是宾小姐。

听过果丝那番话，我应该预料到史呆会出现，这个自然。看到有只亚伯丁梗，我该猜到主人就是她。我可能已经想到：苏梗来了，史呆还会远吗？

史呆显然很恼恨这个警察，从她那态度就看得出。她用手杖的钩子勾住苏梗的项圈，将它拽回身边，然后开始质问这警察。此时他刚从水沟里冉冉升起，像维纳斯从泡沫里现身。

“你这人，”她厉声问，“究竟想怎么样？”

这事自然与我无关，但我不由得想，这场对话看起来困难重重、十分棘手，她本该婉转一点。看得出警察也有同感。虽然他脸上蹭了不少泥水，不过还不至于掩盖他受伤的表情。

“你会把他吓傻的，那么把自己摔来摔去的。可怜的巴塞洛缪，这个丑八怪差点把你压扁了，是不是？”

我还是觉得差了点婉转。她称这位公职人员是丑八怪，严格来说当然属实。如果参赛选手有且仅有沃特金·巴塞特爵士、螽斯的老富·普罗瑟等寥寥数个类似的仁兄，那么他也许有望赢得选美冠军。但是这种事儿怎么好当面戳穿？这种情况要讲究温良恭俭让。温良恭俭让才能万无一失。

此时警官已经把自个儿连同自行车一并拖出深渊，并开始对车子展开一系列性能测试，以鉴定其受损程度。结果证明伤势较轻，满意之后，他才回身瞧史呆。当初站在勃舍街被告席上，老巴塞特瞧我也是用的这种眼神。

“我正在公路上骑车，”他语速缓慢，字斟句酌的，像在法庭上作证，“介资狗突然向我匆来，非常凶猛。我从自行车上摔下来——”

史呆立刻抓住重点，像训练有素的辩论家。

“哼，你不该骑什么自行车。巴塞洛缪讨厌自行车。”

“我骑自行车，女士，因为要是不骑，那就紫能徒步巡逻。”

“那正好。你也该减点脂肪了。”

“介个，”警官也不是普通的辩论家，只见他从制服隐秘处摸出一本笔记，吹掉上头的一只水甲虫，“介不四问题纵点。问题纵点四，介已经四介只畜生第饿次对本人进行严重袭击，我必须再次传讯你，女四，罪名是纵容恶犬伤人。”

攻势很猛，不过史呆也猛力回击。

“别傻帽了，奥茨。你怎么能叫狗不去咬骑自行车的人呢？不符合人性。而且我打赌，肯定是你先惹了它什么的。不妨告诉你，我准备把这案子打到上议院。我要请这位阁下作重要证人。”她说着转身望向我，这才发现，我哪是什么阁下，乃是一位旧友，“呀，伯弟，好呀。”

"好啊，史呆。"

"你什么时候到的？"

"哦，刚到。"

"事情经过你都看到了？"

"可不，从头到尾都在台边座位。"

"好，那就等着传票吧。"

"成。"

那警员一直在做什么清算，记在笔记本里，这会儿开始秋后算账了。

"右膝几处蹭伤。左肘淤伤或扭伤。鼻梁处擦伤。警服沾满污泥，需送交清理。外加精神创伤——严重惊吓。女四，传讯将不日送达。"

他蹬上车子就走，惹得巴塞洛缪激动地跃起，差点挣脱拘束它的手杖。史呆凝神望着他远去的背影，露出一点渴望的神色，好像希望手边有半块砖头。她转过身，我终于可以说正经事了。

"史呆，"我说，"咱们就省了'再次见面三生有幸你气色真好'那些废话，你昨天是不是捡到了果丝·粉克-诺透掉在马厩的那个棕色的皮面小本子？"

她没吭声，好像还在想事情，无疑是关于刚才这个奥茨。我又问了一遍，她终于回过神来。"小本子？"

"棕色皮面的。"

"写满了辛辣的私人意见？"

"正是。"

"嗯，在我这儿。"

我向上苍高举双手，高兴地号叫了一声。巴塞洛缪不满地看了我一眼，压着嗓子咕哝了一句盖尔语。我没理它。就算有一窝亚伯丁梗争相对我翻白眼、祖露智齿，也影响不了我这一刻的狂喜。

“天，总算松了口气！”

“是果丝·粉克-诺透的？”

“对。”

“你是说，那些针对罗德里克·斯波德和沃特金舅舅的精彩的性格分析，都是出自果丝之手？真没想到他还有这两下子。”

“谁说不是呢。这件事说来有趣，听说……”

“不过干吗在斯波德和沃特金舅舅身上浪费时间？明明有奥茨哭着喊着等着人写呀。我真想不通。伯弟，以前从来没遇见过像尤斯塔斯·奥茨这么一贯爱招惹人家的。我快被他烦死了。他骑着自行车到处招摇，明明是自找的，还偏偏说人家不好。他干吗非要歧视可怜的巴塞洛缪，真变态。村子里凡是有血气的狗都咬过他裤腿，他又不是不知道。”

“那小本子呢，史呆？”我把话题拉回res[1]。

“别管什么本子，咱们继续说尤斯塔斯·奥茨。你看他是不是真的要传讯我？”

我回答说，从字里行间里推敲，我确实有这种感觉。她做了一个所谓的“哞”的动作——是哞吧？反正是鼓起双唇再迅速收回。

“我怕也是。尤斯塔斯·奥茨这个人，只能用一个词形容：为非作歹。他到处找碴儿欺负人。哎，好了，沃特金舅舅又有事

1　拉丁语，意为争议点。

做了。”

“什么意思？”

“我又得听他发落了。”

“这么说，他就算退休了也还在司法？”我想起藏品室里这个前司法官和斯波德的对话，略感不安。

“他只是从勃舍街退了而已。判案这东西是上瘾的，怎么也治不好。他现在担任治安法官，在书房里主持星室法庭之类的，他就在那屋子里发落我。人家本来高高兴兴的，弄弄花草啦，在房间里读本好书啦，然后管家过来说老爷在书房有请。然后呢，就看见沃特金舅舅坐在书桌后，一副杰弗里斯法官的样子[1]，奥茨就站在旁边等着作证。”

可以想象，自然很不愉快。一个女孩家的，闺中生活因此蒙上一层阴影。

“而且结果还总是一样，沃特金舅舅蒙上黑纱，狠狠敲我一笔。我说什么他从来都不听。我看哪，他压根儿就不懂什么法。”

“听他判决的时候我也有这种感觉。”

“最糟糕的是，他清楚我的用度，总能算出我荷包里能拿多少。今年里头，他都把我的腰包掏空两回了，每次都是这个奥茨挑的事儿，一次是在建成区超速，一次是因为巴塞洛缪在他腿上轻轻啄了一小下。”

我同情地“啧啧”两声，心里却想着怎么把话题拉回小本子上去。我发现，讨论重要话题的时候女孩家的总有跑题的倾向。

1　乔治·杰弗里斯（George Jeffreys，1645—1689），绰号“绞刑法官”（The Hanging Judge），以严格残忍著称。

“瞧奥茨那架势，还以为巴塞洛缪咬掉了他一磅肉呢。我看这回又要重演了。这种警察迫害我真是受够啦！这跟俄国有什么分别？伯弟，你觉得警察可恨不可恨？”

我的感情呢，还谈不上这么强烈。总体来说，他们还是个很优秀的团体。“嗯，‘昂马士’[1]倒没有，这个词你懂吧。我觉着他们也有好有坏，和各行各业的人一样。有些呢，很有些安静的人格魅力，另一些就不太有。我也遇见过几个很像样的警察，比如螽斯门口当差的那位，跟我就很哥们儿。至于你这个奥茨嘛，我对他了解不深，当然也不好作评论。”

“哼，信我的话，他是最坏的一个。他会遭报应的。记不记得上次你在公寓招待我的事？你说你在莱斯特广场偷警盔来着。”

“我就是这么认识你舅舅的，我们正是因此才走到了一起。”

“嗯，当时我没多想，不过前两天突然想起来，才猛然觉得黄口小儿吐真言呀。这几个月我一直苦苦思索怎么想个法子报复这个奥茨，你正好给我指了明路。”

我吃了一惊。她这话似乎有且只有一个解释。“难不成你要去偷他的警盔？”

“才不呢。”

“够明智。”

“这是男人的事儿，这我还是懂的，所以我叫哈罗德去。他老说不管为我做什么都心甘情愿，老天保佑他！”

---

1 法语：en masse，意为大量、全部。

一般情况下，史呆总是一副做梦般的严肃模样，让人以为她正沉浸在美好的深思中。这当然都是假象。依我看，她是断然不认识什么美好的深思，就算你用钎子串好，抹上蛋黄酱递给她。她和吉夫斯一样都不常露笑脸，不过此刻她双唇微启，如痴如癫——好像是这个词，我得和吉夫斯确认一下——双眼炯炯放光。

“他真了不起！”她说，“我们订婚了，知道吧？”

“啊，真的？”

“嗯，但可别告诉任何人，得严格保密。一定不能叫沃特金舅舅知道，得先把他哄住了才行。”

“这个哈罗德是何许人也？”

“村里的助理牧师。”她望着巴塞洛缪说，“可爱的助理牧师要去讨厌的丑八怪警官那里偷警盔啦，酱妈咪会好高兴好高兴的，对不对？”

大概是这么个话儿吧。她那种土语我自然学不来。

我瞪着这个小笨鸟，震惊于她的道德观——勉强这么叫吧。知道吗，我对女性理解越深，就越发觉得应该有条法律。真得管管这半边天，否则整个社会必将轰然倾废，到那时咱们不知得怎么傻眼呢。

“助理牧师？”我说，“可是史呆，你总不能叫助理牧师跑去偷警盔呀。”

“为什么？”

“呃，这很不寻常。这可怜的老兄会被褫夺法衣的。”

“褫夺法衣？”

“牧师偷东西都是这么办的。要是你指派圣哈罗德犯下这可怕的差事，不可避免就是这个下场。”

“这件差事哪里可怕了？”

“难不成说这种事助理牧师做起来很自然？”

“是啊。哈罗德最拿手了。想当年他在莫德林学院，那是他还没进教会的时候，可是个捣蛋鬼。这都是家常便饭。”

听她提到莫德林，我来了兴趣。那可是我的学院啊。“他是莫德林出身？哪一届的？可能我认识呢。”

“你当然认识。他老说起你，听我说你也要来，他可高兴了。哈罗德·品克。”

我大吃一惊。“哈罗德·品克？老没品哥·品克？天哪！我最好的哥们儿啦。我就常寻思他跑哪儿去了。原来是偷偷跑去当助理牧师了。果然是贫富不相知，世界上一半的人都不了解剩下那四分之三半哪。没品哥·品克，天！你是说，老没品哥现在以拯救灵魂为生[1]？”

“当然，而且相当称职，上边很器重他，随时可能升他做牧师，然后他就要蹿起来啦，总有一天能当上主教。”

此刻，那种我找到了失散多年的兄弟的兴奋感消失了。我再次想到现实问题，从而严肃起来。

至于我为什么严肃，原因如下：史呆说得倒好，什么这种事没品哥最拿手。她是不如我了解这个人。我看着哈罗德·品克走过性格形成的岁月，因此深知他的为人：高高壮壮，呆呆笨笨，像只纽芬兰小狗，满腔热忱，不错，总是努力向上，也对，可就是永远达不到标准。总之，要是有机会搞砸某项计划陷自己于水深火热之中，他绝对不会放过。想到他要去执行窃

1 助理牧师（curate）的任务即为医治教众的灵魂（cure-of-souls）。

取奥茨警官头盔这项艰巨的任务，我的血液瞬间凝固了。他的成功概率绝对是零。

我回忆起没品哥年轻的样子。他的体型颇有点像斯波德，一直为大学橄榄球队效力，还进过国家队。说到将对手摔进泥坑，再穿着钉靴踩踏其颈部，他这门技术几乎鲜有人超越。要是想找人帮我对付疯牛，他是最佳人选。或者我不幸被困“秘密九人”的地牢，我最喜闻乐见的就是哈罗德·品克牧师从烟囱跳出来救我。

但是单有肌肉和筋骨并不代表可以去偷警盔。那需要的是谋略。

“是吗？”我反问，“要是他从教区会众那里偷警盔被逮到，那可有大把机会做忏悔教的主。”

“他不会被逮到的。”

“他一定会被逮到。在母校的时候他没有一次不被逮到，好像他根本不懂什么叫随机应变。放手吧，史呆，你得抛弃这个计划。”

“我不。”

“史呆！”

“不，这戏一定得演下去。”

我只好放弃。看得出，再劝她别做什么女孩家的白日梦也只是白费工夫。观察发现，她的脑筋和罗伯塔·威克姆一样，此女曾趁我在某乡间别墅做客期间，劝我半夜摸进另一位客人的卧室，用一端装有织补针的手杖刺破人家的热水袋。

“哎，要是注定如此，那就由他去吧，”我表示无可奈何，“不过至少要提醒他记住，偷警盔的时候，一定要先向前推一下，然后再向上提，否则对方的下巴就要勾住松紧带。我当时就是因为忽略了这一精要，才导致兵败莱斯特广场。勾住松紧带，那警察回身一抓，还没等我反应过来是怎么一回事儿，就已经身陷被告席，对你沃特金舅舅念叨‘是阁下、不是阁下’了。”

我想着老朋友将要面临的黑暗未来，陷入了沉默。我不是性格软弱之人，但也不禁琢磨，我那么一口否决吉夫斯的环球邮轮计划，做得到底对不对。不管这种旅行怎么招人厌——船上人满为患啦，可能会遇到一堆讨厌鬼啦，不得不下船去参观泰姬陵啦，麻烦死了等等，不过至少有一个好处，那就是不用眼睁睁看着天真无辜的助理牧师白白葬送大好前程，把在教会中出人头地的机会尽毁，仅仅因为头顶教众的帽子被抓个正着。

我叹口气，换了个话题。“这么说你跟没品哥订婚了？上次吃饭怎么没告诉我？”

“那时还没订呢。啊，伯弟，我好开心，真想咬葡萄。反正等我们让沃特金舅舅转念想‘祝福你，孩子们’的时候，我就真的开心啦。”

“啊，对，你刚才说了，是不是？要哄他什么的。你说哄他是什么意思？”

“我就是想和你说这件事。记不记得我在电报里说有事要吩咐你？”

我悚然一惊，一股准确无误的不祥之感涌遍全身。她那封电报已经被我抛到脑后了。

“很容易的。”

我不敢苟同。我是说，她还觉着助理牧师很适合去偷警盔呢。那么，我不禁暗暗揣测，她给我安排的得是什么样的任务？

我看时机已经成熟，该来一点襁褓之中的扼杀了。

“哦，是吗？”我说，“嗯，我此时此刻就告诉你，我才不会做。”

“吓坏胆子了？”

“坏了，和我阿加莎姑妈一样。”

“她怎么了？”

“她得了黄疸。”

“有你这种侄子，她不得黄疸才怪。再说，你还不知道是什么事儿呢。”

“我还是不知道的好。”

“哼，我偏要告诉你。”

“我不想听。”

“莫非你想叫我松开巴塞洛缪？我发现它注视你的表情有点儿怪，我看它是不喜欢你。它的确会突然闹情绪不喜欢谁的。”

咱们伍斯特英勇无畏，但决不失之鲁莽。于是，我准许她带我走到凉台边的石墙处坐了下来。我记得那是个宁静的晚上，尤其有种祥和的意境。所以说呀。

“不会耽误你很久的，”她说，“很容易很简单。不过我得先跟你说说秘密订婚这件事。都是果丝害的。”

“他做错什么了？”

“就错在他是果丝呗。整天稀里糊涂，鼓着眼睛，在卧室里养什么水螈。沃特金舅舅的感受很好理解。宝贝女儿跟他宣布要嫁人了。‘嗯，是吗？’他说，‘那好，咱们瞧瞧这小伙。’然后果丝隆重出场。当父亲的刺激可不小。”

“可不。”

“所以嘛，他还没从认果丝当女婿的震惊中恢复过来，总不能挑这个时候跟他说我要嫁给助理牧师呀。”

我明白她的意思了。记得弗莱弟·特里珀伍德跟我提过布兰丁斯城堡发生过这么一场风波。他有个表妹想嫁给某个助理牧师，而该事件中，危机得以化解，得益于此人乃是利物浦某船业大亨的继承人。不过总体一般来说，做父母的就是不待见女儿嫁给助理牧师，想必舅舅对外甥女们也是一样。

“不得不承认，助理牧师不是抢手货，所以在揭开秘密的面纱前，咱们得想办法叫沃特金舅舅接受哈罗德。要是咱们出对了牌，我盼着舅舅能用自己的推荐权让他当上牧师[1]，那以后就好办了。”

我很不喜欢听她“咱们、咱们”的，不过她想说什么我倒听明白了。虽然不忍，但我也只有打碎她的憧憬和美梦。

“你想叫我为没品哥美言几句？让我把你舅舅拉到一旁，夸夸没品哥是个大好青年？可以的话我当然愿意，亲爱的史呆，但很不幸，我跟你舅舅没这份交情。”

“不不，不是这么回事。”

“哦，那我看不出还帮得上什么。”

“你行。”听她这么一说，我再次感到了那种莫名的不祥之感。我告诉自己一定不能动摇，但又不由得想起罗伯塔·威克姆和热水袋事件。你自认是淬火钢，或者说坚毅如磐石吧，结果烟雾散去才发现，居然让姑娘家的绕进了陷阱。参孙对大利拉就是

1 英国国教中，教区牧师需由具有圣职授予权的人（一般为庄园领主）推荐产生，牧师享有牧师住所及相应的薪俸（圣职领耕地和什一税）。助理牧师的薪俸则由牧师决定。

例证[1]。

“嗯？”我警觉地问。

她搔了搔巴塞洛缪的左耳，然后才作答。“光对沃特金舅舅夸哈罗德是没用的，咱们得多动点脑筋，想一个特别巧妙的计策，叫他一下子得手。我觉着几天前终于想出主意来了。你读过《香闺》没有？”

“我倒是曾经撰文一篇，题为《有品位的男士怎么穿》，不过倒不是忠实读者。怎么了？”

“上个星期里面有篇文章，讲一位公爵不同意女儿嫁给年轻的秘书，后来这个秘书安排一位朋友带公爵去湖上划船，故意把船掀翻，他就跳下去把公爵救了。公爵于是乎说：准啦。”

我判定得杀死这个点子，刻不容缓。“你还是立刻打消这个念头吧。我可不会带沃特金爵士去划船，再把他推下水。况且他怎么可能跟我去湖上划船。”

“是，而且这里也没有湖。哈罗德还叫我别打村子水塘的主意，说现在这个季节水太冷，根本没法跳。哈罗德有时候想法很奇特。”

“我为他健全的常识喝彩。”

“然后我又读到一篇文章，又有了新主意。这里讲的是男主角叫朋友假扮流浪汉去袭击女主角的父亲，然后他再冲出来救人。”

我轻轻拍拍她的手。“你这些主意有一个通病，”我指出，“男主角似乎总有一个弱智朋友，愿意为他铤而走险。但是没品哥

1 《旧约·士师记》16，大力士参孙爱上非利士的大利拉，后者设计将他出卖。

没有。我欣赏没品哥，甚至可以说，我把他当亲兄弟一样爱护，但是我有严格界定的底线，决不会为了他的利益去破界。”

“唔，不要紧，反正他把这个也一票否决了，主要理由是万一事发，牧师会怎么想。不过我这个最新的主意，他很喜欢。”

“哦，你还有新主意？”

“对，而且特别妙，最大的好处就是哈罗德完全无可指摘。就算有一千个牧师也挑不出他的错。唯一的不足就是没人配合他。我想来想去也没想出个人选，然后就听说你要来。现在你来了，就万事俱备啦。”

“哼，是吗？我已经说过了，宾大小姐，现在我再说一遍，无论如何我都决不蹚这浑水。”

“啊，伯弟，你一定得帮忙！我们就指望你了。而且可以说你不用费吹灰之力。去偷走沃特金舅舅的奶牛盅就好了。”

不知道各位站在我这个角度会有什么反应。一个穿着混色毛花呢的姑娘突然跟你提这个要求，而不到八小时前，一个木槿紫面孔的姑妈也提过。可能有人要一阵头晕目眩。我猜大多数人都会吧。就本人来说呢，我与其说是惊诧，不如说是好笑。是的，如果记得不错，我放声大笑。果真如此，那也未尝不是好事，因为我以后就没什么机会了。

“哦，是吗？”我答，“说来听听，”我觉得不如鼓励这个呆头鹅继续，权当娱乐，“偷走他的奶牛盅，嗯？”

“对，这玩意是沃特金舅舅昨天从伦敦带回来的藏品，是个银制奶牛，脸上是醉醺醺的表情。他当个宝贝似的，昨天晚饭，他把这东西摆在面前，絮叨个没完。我当时就灵机一动，想着要是哈罗德把奶牛盅偷走，再完璧归赵，沃特金舅舅一定会感激涕零的，当场到处像洒水车似的泼撒牧师职位。但是我立刻发现有一个漏洞。”

“啊，还有漏洞？”

“当然。你想，这东西怎么会到哈罗德手里？这银奶牛从人家的藏品里消失了，第二天却出现在助理牧师那儿，那他可有得解释了。因此很明显，得伪装成外部作案。”

“我懂了。你想叫我套上黑面罩，破窗而入，顺走这件艺术品，再交给没品哥？懂了，懂了。”

我这话充满辛辣的讽刺。我本想，我这话里辛辣的讽刺谁听不出呢，但她却一脸崇拜嘉许。

“伯弟，你真聪明。一点儿也不错。当然啦，你不用非套上面罩。”

“你不觉得套上面罩有助于我融入角色吗？”我这话仍然同上，充满那什么。

“嗯，也许吧。你自己看着办。关键在于破窗而入那部分。当然得戴手套，免得留下指纹。”

“当然。”

“哈罗德会在外面接应，你把东西交给他。”

“然后我退场，去达特穆尔蹲号子[1]？”

“不对。你当然是在扭打中逃走。”

“什么扭打？”

“哈罗德冲进屋子，满身鲜血——”

---

1 Dartmoor，位于德文郡达特穆尔高原，拿破仑战争中为关押战俘而设。

“谁的血？”

“这个嘛，我说是你的，哈罗德觉得是他的。反正得做出扭打的迹象才可信。我是想叫他一拳打中你的鼻子，但是他说，最好是他浑身血污，故事才有分量。最后我们决定，你们各自一拳打中对方的鼻子。然后哈罗德把我们吵醒，进来把奶牛盅交给沃特金舅舅，解释事情经过，这就万事大吉啦。我是说，沃特金舅舅不可能一句‘哦，多谢’了事吧？他要是还有一丁点人情味，那就得把牧师职位给吐出来。你觉得这个计策很妙吧，是不是？”

我站起身，脸上写着冷酷和坚定。“妙极了。可惜对不住——”

“你难道想推托？这事对你哪有一点儿不方便的？只占用你十分钟时间而已。”

“我的确是要推托。”

“哼，你真是头猪。”

“就算是头猪，那也是头精明清醒的猪。这个计划，就算拿着扫帚我也不碰。告诉你，我最了解没品哥。他怎么也会想方设法地把这事儿搞砸，然后把咱们通通送进大牢，具体什么办法我说不好，反正他有这个本事。好了，我得把那个小本子要回来，拜托啦。”

“什么小本子？啊，果丝那本。”

“对。”

“为什么要给你？”

“给我，”我严肃地说，“因为此物不适合放在果丝手里保管。他可能还会弄丢，继而落到你舅舅手里，继而粉碎果丝和玛德琳的婚礼计划，继而害我成为首当其冲的受害者。”

“你？”

“正是在下。”

“怎么回事？”

“我这就告诉你。”

我用寥寥数语概括了布林克利庄园的各种风波、风波引发的后果以及果丝若被取消比赛资格对我产生的切身威胁。

“你得明白，”我说，“我不是想说你表姐玛德琳的坏话，不过一想到要和她喜结连理，共同踏入婚姻的神圣殿堂，我就打战。这当然不是她不好。对世界上许多许多高贵的女性我都抱有同样的想法。有些女性值得尊重、爱慕、敬仰，但只能远观。要是有任何迹象表明她们要靠近过来，我一定操起酒壶誓死抵抗。你表姐就属于这一类的。她很迷人，对奥古斯都·粉克–诺透来说是理想的伴侣，但对伯特伦来说是大麻烦。”

她认真听着。“我懂了，是，想必玛德琳算是个鬼见愁。”

“鬼见愁这个词呢我自己是尽量避免的，我认为君子要懂得分寸。不过既然你提起了，我承认，这基本概括了事实。”

“真没想到还有这么一段曲折。怪不得你想得到那个小本子。”

“不错。”

“嗯，这倒是给我打开了一条新思路。”

她又浮现出那做梦般的严肃样，还若有所思地用脚摩挲巴塞洛缪的后背。

“行了，”看她这么磨蹭，我责怪道，“快拿来。”

“等一会儿。我得在脑子里先理一理思路。知道吗，伯弟，我真该把那个小本子交给沃特金舅舅。”

“什么？”

“不然我良心不安啊。毕竟我欠他这么多，多年来，他待我一直像父亲一样。应该叫他知道果丝对他的真实想法，是不是？我是说，这对老人家太残忍了点，他当准女婿是个无辜无害的水螈专家那样宝贝，哪想到自己窝藏了一条毒蛇，整天说他喝汤的坏话。不过呢，既然你这么贴心，要帮我和哈罗德去偷走奶牛盅，我大概也只好破例一次。”

咱们伍斯特向来机敏。我想总不出几分钟吧，我就听出她话中有话。我看穿了她的目的，不禁浑身一颤。

她这是在开价钱。换句话说，早饭时刚被姑妈勒索，这还不到晚饭，我又被女性密友给勒索了。行情不错嘛，就算是在这个世风日下的战后世界。

“史呆！”我大叫一声。

“叫史呆有什么用。要么你乖乖地做好分内事，要么沃特金舅舅在早上吃鸡蛋喝咖啡的工夫就有生动的小品文读啦。好好想想吧，伯弟。”

她把巴塞洛缪拽起来，不疾不徐地回屋去了。最后她回首留给我一个意味深长的眼神，如同刀子一样把我穿透了。

我瘫在墙上。我就这么呆呆地坐着，也不知过了多久，反正还挺久的。有翅膀的夜间生物撞到我身上，但我几乎未加理会。突然，我耷拉的脑袋上方约一米处传来一个声音，我这才摆脱人事不省的状态。

“晚上好，伍斯特。”只听这声音说。

我抬头一看，眼前这个峭壁般的巨大身影原来是罗德里克·斯波德。

想必大独裁者们也有和蔼可亲的时候，他们总会架起腿来和兄弟们放松放松吧。不过很明显，就算罗德里克·斯波德有阳光的一面，他此刻来，也决没有想展示的意思。他态度粗暴，让人感受不到一点亲昵劲儿。

“我有话跟你说，伍斯特。”

“哦，是啊？”

“我刚才跟沃特金·巴塞特爵士聊天，他把奶牛盅的来龙去脉都告诉我了。”

“哦，是啊？”

“你来的目的我们都清楚。”

“哦，是啊？”

“别老是‘哦，是啊’，你这只可怜虫，听我说。”

大多数人都会反感他这副语气。其实我也不例外。不过大家都明白，要是有人管你叫可怜虫，对于有些人呢，你可以立刻奋起批驳，有些就不太可行。

“哦，是啊，”他自己倒能说，讨厌，“你来的目的我们心知肚明。是你叔叔叫你来偷走奶牛盅的，你不用忙着否认，我下午就逮到你把这东西握在手里。现在我们知道你姑妈也要来。真是秃鹰汇聚，哼！”

他顿了一顿，然后又说了一遍“秃鹰汇聚”，貌似很欣赏这句措辞。我倒是没看出好在哪里。

“我来就是要告诉你，伍斯特，可有人盯着你呢，而且盯得牢牢的。要是你偷奶牛盅被逮到，我保证，你一定会进监狱。你不要抱着侥幸心理，以为沃特金爵士会怕什么丑闻。他会恪守公民和治安法官的义务。”

说着他伸出一只手按在我肩膀上。记忆中没有什么经历比这更不好受了。吉夫斯也许会说这在于“动作的象征意义”，但除此以外，被斯波德捏一下，不下于被马啃了一口。

“你是不是要说‘哦，是啊’？”他问。

“哦，不是啊。”我向他保证。

“那就好。好了，你一定暗暗想自己不会被逮到。你以为，你跟你亲爱的姑妈两个人联手，能狡猾地偷走奶牛盅，又不被察觉。不过你别高兴，伍斯特。要是这东西消失了，不管你和你的女同伙怎么诡计多端，不留一点痕迹，反正我知道这东西在哪儿，我会立刻把你揍成一摊果冻。一摊果冻，”他反复品味这句话，仿佛在品尝陈年佳酿，“懂了没有？”

“啊，懂。”

“你真的都明白了？”

“啊，真的。”

“那就好。”

一个模糊的身影向凉台走来。他见状立刻换了一副叫人肉麻的亲切口吻。

“夜色真好啊，是不是？这个季节里难得有这样的好天气。好了，我不耽误你了，你肯定想进屋换衣服吃晚饭了。打黑领结就行，咱们这儿很随意的。什么事？”

最后这句是对着那模糊的身影说的。一声熟悉的轻咳透露出来者的身份。

“先生，我来找伍斯特少爷。特拉弗斯夫人叫我带话过来。

她向少爷致意，并希望我转达她此刻在‘蓝厅’，若少爷能尽快抽出时间前去会面，她将不胜愉快。夫人有一件要紧事希望与少爷商议。”

我听到黑暗中斯波德“哼”了一声。

“特拉弗斯夫人已经到了？”

“是，先生。”

“并且有一件要紧事希望与伍斯特先生商议？”

“是，先生。”

“哼。”斯波德说完，尖厉地干笑一声就闪人了。

我站起身。

“吉夫斯，”我说，“准备给我出谋划策。情节更加扑朔迷离了。”

第五章

我套上衬衫，蹬上及膝内衣。

“哎，吉夫斯，”我问，“怎么样？”

我在回屋路上已经将最新动态通通告知，并让他思量一番，好想出个对策来，我则趁这个工夫匆匆去洗了个澡。现在我满怀希望地看着他，像海豹巴望着鱼吃。

“想到什么没有，吉夫斯？”

“暂时没有，少爷，很抱歉。”

“什么，一点头绪也没有？”

“只怕没有，少爷。”

我闷声呻吟，套上裤子。我早已习惯这个天才随时随地地抖出绝妙的点子，这次他束手无策，完全出乎意料。这下打击重大，我蹬上脚套的时候，手是颤抖的。我浑身涌起一种异样的冻僵感，使脑体活动很不顺畅，就像四肢和大脑在冰箱里冻了好几天放忘了。

“有可能，吉夫斯，”我突然想起来，“是你还没有掌握全部状况。我刚才只是大致讲了一下概况，就忙着去冲刷臭皮囊了。我看咱们不如像侦探小说里那样，说不定有帮助。你读过侦探小说没有？”

“不常读，少爷。”

“这个嘛，书里总有一段是侦探为了理清思路列一张单子，写下嫌疑人、动机、时间线、不在场证明、线索什么的。咱们也试试。吉夫斯，准备纸笔，咱们收集一下事实证据。题头就写‘伍斯特，伯——之情势’。好了没有？”

“好了，少爷。”

“好，嗯，那开始。第一项：达丽姑妈称，我要是不把奶牛盅偷出来交给她，她就禁止我上她家饭桌，从此无缘阿纳托的厨艺。”

“是，少爷。”

“现在是第二项，也就是：我要是把奶牛盅偷出来交给她，斯波德就要把我揍成一摊果冻。”

“是，少爷。”

“还有，第三项：我要是把奶牛盅偷出来交给她，而不是偷出来交给哈罗德·品克，那我不仅要遭遇上文所述的果冻加工过程，而且史呆会把果丝的小本子交给沃特金·巴塞特爵士。这有什么结果，是你知我知。好，说完了，这就是命题。都了解？”

“是，少爷，诚然，情况差强人意。”

我给了他一个眼神。“吉夫斯，”我说，“不要考验我的耐性，别挑这会儿。差强人意，真是！你前两天跟我提过谁来着，就是集天下之哀愁于一身那位？”

“蒙娜丽莎，少爷。”

“哦，要是我遇见这个蒙娜丽莎，我得跟她握个手，安慰她我们是同病相怜。吉夫斯，现在站在你面前的，正是人家的牛马，备受欺凌。”

“是，少爷。裤子也许该提起四分之一英寸，以裤脚不经意地触及足背最为优雅。如此调整最好不过。”

“像这样？”

“赏心悦目，少爷。”

我叹了口气。“吉夫斯，有时候我不禁想，裤子真的要紧吗？”

“一时的情绪会过去的，少爷。”

“我看不出怎么个过去法。要是你想不出办法帮我摆脱这个麻烦，我看这就到头了。当然啦，”我又燃起一线希望，“你其实还没有时间好好啃这块硬骨头呢。我一会儿去吃饭，你就趁机重新审视一番，任何角度都不放过。说不定就灵光一闪呢。灵光就是这样的吧？闪来闪去的？”

“是，少爷。据传，数学家阿基米德就是在早上沐浴时突然发现了比重原理。”

“哦，那就是了。我看他也不见得是什么鬼机灵。我是说和你相比。”

“相信他是一位天赋异禀之人，令世人叹息不已的是，他后来为一个小兵所害。”

“好惨。不过凡有血气的尽都如草，是吧？”

“所言极是，少爷。”

我若有所思地点了支烟，暂时把阿基米德抛到脑后，又想起这个小史呆行事欠考虑，把我卷进这么个讨厌的麻烦。

“知道吗，吉夫斯，”我说，“仔细想想真叫人咋舌，好像异性都不遗余力地要陷我于不义。你记不记得威克姆小姐和热水袋事件？”

“记得，少爷。”

“还有格拉迪斯那个谁来着，把摔断腿的男朋友送到我公寓里住的那个？”

“记得，少爷。”

“还有波利娜·斯托克，深更半夜跑来占领我的乡间小屋，还穿着泳衣？”

“记得，少爷。”

“女人啊，吉夫斯，女人！不过说到比男人要命，女人里头谁也比不上这个史呆，她真是出类拔萃啊。对，那人叫什么来着，‘瞧啊！他的名字名列榜首’，就是见到记录天使的那个老兄？”

“阿布·本·阿德罕姆，少爷。”

“史呆就是这德行，她可真绝了。怎么了，吉夫斯？”

“我只是想了解一下，少爷，不知宾小姐威胁要将粉克-诺透先生的小本子交给沃特金爵士的时候，眼中是否闪过一丝慧黠的光？”

“你是说狡猾的光？暗示她只是逗我玩？一点也没有。是的，吉夫斯，我以前不是没见过不闪光的眼睛，我见过多少双呢，不过没有一双像她那样完全没光的。她可不是开玩笑，而是说到做到。她自己心知肚明，这种手段就算以女性标准来说也称得上卑鄙了，可她无所谓。事实就是，现代这套女性解放的玩意儿搞得她们都陷进去了，对自己的所作所为根本不在乎。要是在维多利亚时代就不同了。阿尔伯特亲王对史呆这丫头肯定有话说[1]，是吧？”

“不难想象，亲王陛下很可能不会赞赏宾小姐的做法。”

“他肯定把她按在腿上抡起拖鞋揍一顿，好叫她明白自己的身份。我看他见了达丽姑妈也是一样对待。说到这儿，我大概得去见见这个老亲戚了。”

“夫人有事与少爷相谈，似乎十分迫切。”

“这可不是彼此双方的，吉夫斯，这迫切劲儿。不妨坦白，我很不想去赴这场‘赛昂斯’[2]。”

“少爷不想？”

“不想啊，你瞧，下午茶前我给她发了封电报，说我不会去偷那个奶牛盅，她一定是没收到电报就出发了。这就是说，她来的时候心里以为侄子正跃跃欲试等她一声令下呢。现在必须通知她这买卖黄了。她不会高兴的，吉夫斯。不妨告诉你，我越想这场谈话，就越迈不动步子。”

“我或许有一个建议，少爷，当然只是缓兵之计。不过经验证明，灰心失望时穿着正式晚装可取得鼓舞士气的效果。”

“你觉得我应该打白领结？斯波德说黑的呀。”

“情况紧急，少爷，稍有违背也不为过。”

“也许你说得有道理。”

他果然有理，不用说。在这种微妙的心理问题上他从来没出过错。我穿戴好全套行头，立刻感到有了显著改善。脚下灵活了，暗淡的双眼有了神采，灵魂舒展开来，好像有人拿着打气筒给我补过气似的。我对着镜子审视效果，一边用纤巧的手指摆弄

1　阿尔伯特亲王（1819—1861），维多利亚女王（1819—1901）的伴君。

2　法语：séance，意为集会。

领结，一边在脑子里复述跟达丽姑妈的说辞，我料她要发威的。这时门开了，果丝走了进来。

看到这个四眼兄弟，一股同情之感油然而生。我一眼就看出，他对临时补发的新闻还一无所知。他的行为举止中完全没有迹象表明史呆跟他透露过计划。看他一副朝气蓬勃的样子，我和吉夫斯迅速交换了一个意味深长的眼神。我用眼神说："他知之甚少！"他也是。

"哟喔，"果丝说，"哟喔！好啊，吉夫斯。"

"晚上好，先生。"

"嘿，伯弟，有什么消息？你见了她没有？"

那股同情之感更浓了。我偷偷叹了口气。可怜必须由我来对这个老朋友当头重重一棒，我心有不愿。

但是，这些事不能不面对，好比手术刀。

"是，"我答，"我见过她了。吉夫斯，咱们有白兰地吗？"

"没有，少爷。"

"去拿一杯来好不好？"

"当然，少爷。"

"还是拿一瓶吧。"

"遵命，少爷。"

他逐渐消失在空气中。果丝大惑不解地看着我。

"怎么回事？这时候就灌白兰地？还没吃饭呢。"

"不是我，是给你预备的，火刑柱上可怜的殉难者。"

"我不喝白兰地。"

“我打赌你喝，没错，而且还不够喝。先坐下，果丝，咱们先闲聊片刻。”

我把他发配到扶手椅中，开始和他漫无边际地谈论天气作物之类的。我不能贸然对他宣布噩耗，得等补药到了再说。于是我一阵神侃，力求举止中带出一种临终关怀的风格，让他作好最坏的打算。没过多久我就发现，他看我的眼神很奇怪。

“伯弟，我看你是喝多了。”

“没有的事儿。”

“那你怎么胡言乱语的？”

“打发时间，等吉夫斯拿饮品回来。啊，吉夫斯，谢啦。”

我从他手中接过满满当当的酒杯，又轻轻地按着果丝的手指握住杯沿。

“吉夫斯，你最好去告诉达丽姑妈说我没办法赴约。我这得要好一会儿。”

“遵命，少爷。”

我转头望着果丝，他现在的表情像一条困惑的大比目鱼。

“果丝，”我说，“一口喝干，听我说。只怕我有一个坏消息，关于那个小本子。”

“关于小本子？”

“是。”

“你是说，东西不在她手里？”

“这正是关键，或者说症结所在。她说要交给巴塞特老爹。”

我早料到他反应激烈，果不其然。他双眼如同脱了轨道的星星一样凸出，他从椅子上一跃而起，打翻了杯中物，我这屋子立刻散发出星期六晚上酒吧雅座间的气息。

“什么？”

“只怕情况就是如此。”

“可，妈呀！”

“对。”

“你说的都是真的？”

“真的。”

“可为什么？”

“她自有打算。”

“她是不知道后果吧。”

“她知道。”

“会毁了咱们的！”

“千真万确。”

“啊，妈呀！”

常听人说，大难临头才会彰显咱们伍斯特的本色。我感到出奇的冷静，伸手拍了拍他的肩膀。

“勇敢点，果丝！想想阿基米德。”

“为什么？”

“人家被小兵杀死了。”

“那又怎么样？”

“这个嘛，肯定不是什么愉快的经历，不过人家无疑是笑着去的。”

我大无畏的态度产生了效果，他镇定了许多。我不敢说此刻我们就像两个法国贵族一样在静候死囚押送车，不过相似度倒是有几分。

“她什么时候说的？”

“不久前在凉台上。”

“她说到做到？”

“对。”

“她有没有……”

“眼中闪过一丝慧黠的光？没，没闪。”

“那，难道就没有办法阻止她？”

我猜他就会提起这茬，他这一提，倒叫我很难过。我预感，一段无果的争论在所难免。

“有，”我说，“倒是有。她说，只要我偷走老巴塞特的奶牛盅，她就摒弃这个邪恶计划。”

“你是指他昨天晚上给大伙展示的那个银制奶牛？”

“正是。”

“可为什么？”

我解释了事情原委。他机警地听着，面露喜色。

“我懂了，全明白了！不过她究竟什么意思我就猜不出了。她这种行为完全看不出有什么目的。不过不理她。这就万事大吉了！”

我不忍戳破他洋溢的热情，但实在不得已。

“算不上，因为我断然不会从命。”

“什么？为什么？”

“因为我照做的话，罗德里克·斯波德说要把我揍成一摊果冻。”

“这跟斯波德有什么关系？”

“他好像很以奶牛盅为己任，无疑是出于对老巴塞特的尊重。”

“嗯，不过你又不怕斯波德。”

“我怎么不怕？”

“胡说！我清楚你的为人。”

“你不清楚。”

他在屋里来回踱步。

“可是伯弟，斯波德这种人没什么好怕的，不过就是一堆肌肉和蛮力。他脚下功夫肯定不行，一定追不上你。”

“我也不打算试验他的弹跳力。”

“况且你也不用非得待下去。一得手你就马上走人呗。晚饭后你给这个助理牧师传个字条，叫他午夜时分到指定地点等着，然后开始行动。我看哪，就这么安排。偷奶牛盅，嗯，不如定在十二点十五分到十二点三十分，要么就十二点四十分，以防意外。十二点四十五分，到达车库，开动引擎。十二点五十分，驰骋在宽阔的马路上，大功告成，易如反掌。我看不出你有什么好担心的，这事在我看来是小菜一碟。”

“即使如此……”

“你也不肯？”

“没错。”

他走到壁炉台前，拿起一个牧羊女之类的小摆设把玩。“这还是伯弟·伍斯特吗？”他问。

“正是。”

“我上学时崇拜的那个伯弟·伍斯特，咱们大伙口中的‘超胆英雄伯弟’？”

“没错。”

“既然如此，我看也没话好说了。”

“没有。”

“唯一的办法，就是把小本子从这个宾手里拿回来。”

“你有什么计划？”

他皱着眉头沉思。细胞小灰质似乎复活了。“有了。听着，这小本子对她很重要，是吧？”

“是啊。”

“因此她一定会随身携带，和我一样。”

“应该吧。”

“可能在袜子里。那就好。”

“什么意思，那就好？”

“你没懂我话里的意思？”

“没懂。”

“那，听着。你可以自自然然地跟她嬉戏疯闹，我的意思你明白的，这期间就很容易……呃，好比开玩笑地抱住她。”

我厉声喝止。界限就是界限，咱们伍斯特一目了然。“果丝，你是叫我去抓史呆的腿？”

“对。”

“哼，我可不去。”

“为什么？”

“我的理由不用展开来说，”我冷冷地答，“总之，这不在选项之列。”

他飞来一个眼神，双眼圆睁，满是责备的那种，想必垂死的水蝾看他就是这种眼神，怪他忘了勤换水。他倒吸一口凉气。“你彻底变了，再不是我当年认识的同窗，”他说，“你完全不中用了，胆小如鼠、锐气全消、不思进取。我看都是酒精害的。”

他叹口气，摔下牧羊女，和我一起向门口走去。我打开门，他又飞来一个眼神。“你难不成打算这样下去吃饭？打白领结是哪一出？”

“吉夫斯的主意，为了给自己打气。”

“哼，你就等着丢人吧。老巴塞特吃饭就穿一件天鹅绒便服，前襟上还都是汤渍。还是换了好。”

他的话大有道理。太打眼是不好的。我冒着士气受挫的危险，开始脱燕尾服。这时，楼下客厅传来一阵歌声，一听就是年轻人在唱，还有钢琴伴奏。一切迹象都表明这是一首英国传统民歌。耳中只传来好一阵“哎呀哎哎呀”，诸如此类的。

这喧嚣声叫果丝眼镜后的双眼燃起了小火苗，好像他觉得这就是忍无可忍中的那一点。“史黛芬妮·宾！”他恨恨地说，“这时候还有心思唱！”

他鼻子里哼了一声就走了。我打黑领结的时候吉夫斯进来了。

“特拉弗斯夫人来了。”他很正式地通报。

我不由自主喊了一声“啊，妈呀”。当然，听到这声正式通报，我就知道她要来了。但是，好比某个倒霉鬼散着步，一抬头看到有个开飞机的老兄正朝他扔了一枚炸弹——知道要来了，也不代表能轻松应对。

看得出她十分激动，也许可以说是热锅上的蚂蚁。我连忙殷勤地把她迎到扶手椅坐下，开始道歉。

“真是太对不住啦，没法去见你，我的老姑妈，”我说，“我和果丝正有一事商讨，事关我们两人的共同利益。自从上次见面后，我这边出了点新情况，很遗憾，我的事儿有点纠缠不清了。可以说是天塌地陷了。这话不算夸张吧，吉夫斯？”

“不，少爷。”

她一挥手，没理会我的陈情。“你也有麻烦啦，是吗？哎，我不知道你这头有什么新情况，反正我这边是出现了新情况，还是个大麻烦。我匆匆忙忙地赶过来就是为这个。必须得立即采取措施，不然家里就要乱成一锅粥了。”

我琢磨着蒙娜丽莎估计也不会像我这么忙于应付。我是说，一波未平一波又起啊。“怎么了，”我问，“出什么事了？”

她一时哽咽，然后勉强挤出三个字：“阿纳托！”

“阿纳托？”我握着她的手安慰道，“告诉我，发烧的病人，你这是说什么呢？阿纳托怎么了？”

“咱们要是不快点动身，他就要走了！”

仿佛有一只冰凉的手揪住了我的心脏。“要走了？”

“是。”

“就算给他涨了一倍薪水？”

“就算给他涨了一倍薪水。听着，伯弟。今天下午我离家之前，汤姆刚收到沃特金·巴塞特爵士的一封信。我说‘离家之前’，其实我离家就是因为这封信。你猜信里说什么？”

“什么？”

“里面提出用奶牛盅交换阿纳托。汤姆还认真考虑答应了！”

我愣愣地看着她。“什么？不可轻信！”

“是不可置信，少爷。”

“谢了，吉夫斯。不可置信！我不信。汤姆叔叔一秒都不会考虑。”

“不会？你知道什么？你还记得波默罗伊吗？就是赛平思之前那个管家。”

“怎么不记得？是个人物。”

“不可多得。”

“人才啊。我就想不通你怎么把他放走了。”

“汤姆用他和贝桑顿-科佩斯换了个三只涡卷形壶脚的卵形巧克力壶。”

我感到越发绝望。“可是这个老糊涂虫，呃，我是说汤姆叔叔，不会就这么把阿纳托拱手让人吧？”

“他当然会。”

她站起身，烦躁不安地走到壁炉台前。看得出，她想找件东西摔摔，以便疏解涌动的情绪——也就是吉夫斯所说的缓兵之计啦。我于是体贴地给她展示了“祈祷的小撒母耳”，一件陶土雕像。她匆匆谢过我，一把抓起，朝对面墙上猛摔过去。

“告诉你，伯弟，着了魔的收藏家为了得到垂涎的藏品真是无所不用其极。汤姆给我看信的时候说，他真心希望把老巴塞特剥皮抽筋，再亲手扔进油锅，但是他认为除了满足这个要求，其他别无选择。他之所以没有当即回复买卖成交，是因为我告诉他，你已经专程赶到托特利庄园为他偷取奶牛盅，他用不了一会儿就能拿到手了。伯弟，你这方面进展得怎么样了？想好计策了？计划都安排妥当了？咱们刻不容缓，得分秒必争。”

我感到骨气有点虚弱。我看出现在就该宣布消息，真希望说完就没事了。我这位姑妈一受刺激就威力惊人，我不由回想起刚才小撒母耳的遭遇。

“我正想跟你解释这件事。”我说，“吉夫斯，咱们起草的那份文件呢？”

“在这里，少爷。”

“谢了，吉夫斯。我看你最好还是再去拿杯白兰地来。”

“遵命，少爷。”

他退下了。我把文书递给达丽姑妈，有劳她仔细读过。她瞟了一眼。“什么东西？”

“你一会儿就知道了。看看题头：‘伍斯特，伯——之情势’。我的情况都写在上面，看完你就明白，”我后退一步准备卧倒，“我为什么坚决不能去偷奶牛盅。”

“什么？”

“今天下午我给你发了电报解释情况，当然，你没有收到。”

她恳求地望着我，像慈爱的母亲望着刚做出什么滑稽壮举的笨蛋儿子。“可伯弟，宝贝，你刚才没听我说话？关于阿纳托的？你还不清楚情况？”

“啊，清楚。”

“那你是突然发疯了？我说‘突然’，其实嘛——”

我伸手制止。“容我解释，老姑妈。你记得我刚才说这边出了点新情况。其中就包括巴塞特爵士已经晓得咱们的窃取奶牛盅计划，正密切留意我的一举一动。此外，他还把疑虑泄露给一个叫斯波德的朋友。你来的时候可能见过斯波德了吧？”

“那个大块头？”

“不错，是个大块头，不过我想‘超级巨人’这个词才是魔语斯特[1]。嗯，沃特金爵士呢，把疑虑泄露给这个斯波德，此人

1　法语：mot juste，意为贴切的词。

亲口对我信誓旦旦，说要是奶牛盅不见了，就要把我揍成一摊果冻。因此，我是什么建设性的忙都帮不上了。”

好长一段时间大家都没有话说。看得出，她仔细咀嚼过我这番话，最后不情不愿地意识到，伯特伦在危难之中不能向她伸出援手，实在不是因为一时要小脾气。她深感其进退两难，并且，我要是没有错得离谱——为之动容。

我这位长辈呢，在我少年以及青年时代，习惯于照着我脑袋来这么一下——如果她认为我的某个行为惹得她出手。最近我常常感觉她又要故技重施。不过，她这副赏耳光的外表下跳动着一颗温柔的心，我知道，她对伯特伦的爱是根深蒂固的。她绝对不会希望看到伯特伦被打肿眼眶，或者那秀挺的鼻梁被揍歪。

“我明白了，”她终于开了口，“嗯，这么一来，的确棘手。”

“非常格外的棘手。要是你想说这无异于绝境，我也不会反对。”

“他说要把你揍成一摊果冻，是不是？”

“他的确是这么个措辞。而且还说了两遍，所以不会有错的。”

“哎，我怎么也不想见你被那个大老粗修理。你面对这个大猩猩完全没有希望，他会把你痛打一顿，你连句‘再会’都来不及说。他会把你大卸八块，任残骸随风飘逝。”

我的脸抽搐了一下。“不用这么大作文章，老亲戚。”

“你确定他说到做到？”

“确定。”

“他可能是雷声大雨点小。”

“姑妈，我知道你想说什么，”我怅然一笑，“你一会儿还要问他说话的时候眼里有没有闪过一丝慧黠的光。没闪。罗德里克·斯波德在上次会面中对我描绘的蓝图，他是一定会坚持并履行的。”

“那看来咱们无计可施了。除非呢，吉夫斯能想出个对策。”她这话是对着拿酒回来的吉夫斯说的——也该回来了。我想不出他怎么耽搁了这么久。“我们在讲斯波德先生，吉夫斯。”

“夫人？”

“吉夫斯和我已经讨论过斯波德之为威胁了，”我闷闷不乐，“他承认自己毫无办法。这一次，这神奇的大脑没能起作用。他已经思考过了，但是没有对策。”

达丽姑妈感激地鲸吞白兰地，这会儿脸上浮现出若有所思的表情。

“你猜我刚刚想到了什么？”她问。

“说吧，我的浓于水，”我仍旧郁郁不乐，“我看是烂点子。”

“才不是烂点子，说不定能解决所有问题。我刚才在想，这个斯波德说不定有什么见不得光的秘密。你有他什么把柄吗，吉夫斯？”

“没有，夫人。”

“你说秘密是什么意思？”

“我刚才反复琢磨，要是他有什么小辫子给咱们抓住，那就能一举制服他，拔掉他的毒牙。我记得小时候有一回瞧见你乔治叔叔吻我的女教师，后来呢，每次她要我下课以后默写什么大不列颠之主要进出口物，我就拿这事儿来缓解情势，百试不爽。我的意思你懂了吧？假设咱们知道斯波德打死过狐狸什么的……你不大看好？”她看到我怀疑地骨朵起嘴。

“我看得出这的确是个主意。但依我看，有一个致命的缺陷，就是咱们对他一无所知啊。”

“嗯，那倒是。”她站起身，“哎，好了，反正是想起来随便说说。我现在得回房去往太阳穴上喷点古龙水。我感觉脑袋要炸开花了。”

门合上了。我瘫倒在她刚刚腾出的椅子上，抹去额头上的汗珠儿。“啊，总算结束了，”谢天谢地，“她比我预期的冷静，吉夫斯，不愧是阔恩调教出来的女儿。不过，虽然她强自镇定，但可以看出她深受触动，这杯白兰地来得也算及时。对了，你怎么去了这么久？换成圣伯纳犬，肯定花不上一半时间。”

“是，少爷，十分抱歉。粉克-诺透先生跟我聊天，因此耽搁了。”

我一阵沉思。“吉夫斯，我看呢，达丽姑妈说抓住斯波德什么罪证，还真是不错的主意。从根本上来说很有道理。要是咱们知道斯波德的藏尸地点，毫无疑问，他以后的影响力就不足挂齿了。不过你说你也没他的把柄。”

“没有，少爷。”

“而且我怀疑也根本没什么好查的。有些人呢，一眼望去就是正人君子，做事规规矩矩，什么有所不为的，我只怕罗德里克·斯波德就是杰出代表。我看呀，就算把他查个遍，最后发现他最恶劣的不过就是那撇八字胡，而且他明显不惧怕全世界的眼光打量他，否则也不会打扮成那副鬼样子。”

“所言极是，少爷。不过也许值得打探一番。”

“是，可从哪儿下手？”

“我在想少年伽倪墨得斯，少爷。这是家贴身男仆俱乐部，位于柯曾街，我做成员已经有些年头了。以斯波德先生的显赫身份来看，他的私人男仆定然也是成员，因此也一定向书记透露过许多其人其事，以写入会员记事簿。”

“啊？”

“根据俱乐部守则第十一条，凡成员必须向俱乐部提供雇主的全部信息。这不仅是为各位会员提供休闲读物，而且是作为警告，提醒成员若选择的雇主不甚理想将要面对的后果。”

我脑中突然闪过一个念头，叫我吃了一惊。没错，我是大惊失色。“你加入的时候呢？”

“少爷？”

“你也讲了我的事？”

“啊，是，少爷。”

“什么，所有的事迹？包括那次我被老斯托克追，不得不满脸涂满黑鞋油好掩人耳目？”

“是，少爷。”

“还有那次参加完胖哥·托森顿生日宴，回家路上我把路灯当成小偷？”

“是，少爷。会员们喜欢在雨天午后读来解闷。”

“哦，是吗？要是某个雨天午后给阿加莎姑妈读到呢？你想过没有？”

“斯潘塞·葛莱森夫人接触到会员记事簿的概率十分渺茫。”

“我敢打赌。不过鉴于最近这屋檐下的各种变故，你应该知道女性的确会接触到什么本子。”

我陷入沉思，想着他揭开了这惊人的冰山一角，叫我知道少年伽倪墨得斯这种组织里的勾当。我以前从来不知道其存在。当然，我知道晚上给我备好清茶淡饭之后，吉夫斯有时会戴上圆顶礼帽消失在街角，可我一直以为他的目的地是附近某间酒吧的雅座间。对于柯曾街上的俱乐部我却是一直蒙在鼓里。

叫我更加蒙在鼓里的是，伯特伦·伍斯特所有可能不算明智的行为中，那些最不登大雅之堂的竟然会写进记事簿。在我看来，这实在很有阿布·本·阿德罕姆和记录天使的味道，叫人浑身不自在。我不自觉皱起了眉头。

不过现在似乎也没有办法，于是我就回到奥茨警官口中所谓的“问题纵点”。

“那你的意思是？去请书记抖露斯波德的底细？”

“是，少爷。”

“你觉得他会告诉你？”

“啊，会的，少爷。”

“你是说，这些信息，这些极其危险的信息，这些落入别有用心之人手中会带来灾难的信息，只要有人问起，他就随随便便地广而告之？”

“只限于会员，少爷。”

“你要多久才能联系上他？”

“我可以即刻打电话，少爷。”

“那就去吧，吉夫斯，可能的话，把费用记在沃特金·巴塞特爵士账上。要是接线员说‘三分钟’，你也不用紧张，你就等着。不管付出什么代价，务必叫那书记明白，而且是彻底明白，现在凡是壮士都要向我方伸出援手。”

“我应该能够劝他相信情况紧急，少爷。”

“你要是不行，就叫他来找我。”

“遵命，少爷。”

他拔腿去执行善举了。“啊，等一下，吉夫斯，”他出门的时候我问道，“你刚才说在和果丝聊天？”

“是，少爷。”

“他有新消息汇报？”

“是，少爷。他和巴塞特小姐似乎一拍两散，订婚取消了。”

他飘走了。我一蹦三尺高。这很有难度，尤其考虑到我还坐在扶手椅上。但我做到了。“吉夫斯！”我直着嗓子喊。

可他已经不见了，一点影子都不曾留下。

楼下突然轰隆一声，是开饭的锣声敲响了。

第六章

后来，我总是怀着有些沉痛的心情回想起这顿晚餐，回想起我如何由于精神备受煎熬，提不起应有的兴致享受美味。要知道，如果情况不是这样不容乐观，我断然会埋头苦吃。沃特金·巴塞特爵士纵然道德沦丧，但在筵席上却决不亏待客人。我虽然心事重重，却也在开席五分钟内就注意到，他家的女厨子如有食神指点。先是一道优等的汤羹，接着是一道可口的鱼，可口的鱼过后是一道浓汁炖野味，这道菜就算是安到阿纳托名下，他也不会羞于承认的。再加上芦笋、果酱煎蛋、酒香沙丁鱼烤面包片，这下各位该明白我的意思了。

当然，到我这里是浪费了。常言说得好，酒逢知己千杯少，话不投机不如吃草[1]。看到桌子一头的果丝和玛德琳，我就味同嚼那什么。他们叫我十分担忧。

各位都知道未婚夫妇在大庭广众之下的一般表现。他们交头接耳，喁喁细语，打情骂俏，嘻嘻哈哈，你拍我一下，我掐你一把。我甚至还见过这双簧戏中的某位女主角用叉子给同伴喂食。

1 《旧约·箴言》15:17：吃素菜，彼此相爱，强如吃肥牛，彼此相恨。

但玛德琳·巴塞特和果丝却完全是另一番景象。男方苍白如行尸，女方冷傲不理人。他们大部分时间都在捏面包球儿，据我观察，从头到尾都没有一句交流。啊，对了，是有一次：男方请女方递一下盐，女方递过胡椒；男方说我想要盐，女方说哦，是吗，然后递过芥末。

毫无疑问，吉夫斯说得一点不错，这对年轻的恋人一刀两断了。叫我心下不安的，除了眼前这场苦情戏，就是这事出得蹊跷。我想不出个所以然，所以就巴望着吃过饭，等女士们先行离场，我就能端着波尔图酒凑到果丝身边，打探一下内部情报。

但我没有想到，等最后一位女士走出房间后，一直为她们把门的果丝就跟着冲了出去，有如鸭子扎猛儿，再也没回来，结果就是房间里只剩下我、主人和罗德里克·斯波德。这两位跑到屋子一角紧挨着坐下开始窃窃私语，还时不时瞪我一眼，好像我是假释出狱的犯人不请自来，要是不小心防着，就要顺走一两只勺子。因此没过多久我也就撤了。我念叨着要去拿香烟匣子，搭讪着出门回房了。我心想，果丝或者吉夫斯迟早会去瞧一眼的。

壁炉里火苗欢快地跳跃着。为了打发时间，我挪过扶手椅，拿出从伦敦带来的侦探小说读起来。经过之前的研究，我发现这本尤其精彩，到处是脆生生的线索、血淋淋的谋杀，我很快就沉浸在情节中。但是，还没等我进入状态，门把手就“嘎吱”一声，来者不是别人，正是罗德里克·斯波德。

我看着来客，心里不是一般的惊讶。我是说，怎么也没想到他会来侵略我的卧室。而且他来，一不是为了凉台上无礼的态度道歉——除了威胁我，还说我是可怜虫；二也不是为了饭桌上的瞪视道歉。我只瞧了他一眼就明白，因为要是道歉的话，脸上首先会堆起一个讨好的假笑。他脸上可没有。

事实是，我感觉他看着比之前还要不怀好意，不由心生畏惧，于是自己先堆起了一个讨好的假笑。想必对于博得其好感没什么作用，不过有点是点吧。

“哦，好呀，斯波德，”我亲切地说，“快进来。能帮上你什么忙吗？”

他一语不发，直奔衣柜而去，猛地一转把手，拉开柜门，向里面仔细瞧着。瞧完之后，他转身盯着我，态度依旧那么不和蔼可亲。

“我以为粉克-诺透在这儿。”

“他不在。”

“我知道了。”

“你以为他在衣柜里？”

“对。”

“哦。”

一阵沉默。

“要是看到他，要不要我捎个口信给他？”

“好。你跟他说，我要拧断他的脖子。”

“拧断他的脖子？”

“对。你聋了吗？拧断他的脖子。”

我息事宁人地点点头：“晓得了。拧断他的脖子。好的。他要是问起原因呢？”

“他心知肚明。因为他是一只花蝴蝶，玩弄过异性的感情，就像脏手套似的扔到一边。”

“行啦。”我以前从不晓得花蝴蝶是这种做派。挺有意思的。“那，我要是碰到他会跟他说的。”

“谢了。”

他“咣当”一声摔门走了。我默默地想，历史还真是惊人的相似。我是说，刚才的场景和几个月前在布林克利庄园发生的情况几乎一模一样，当时大皮·格罗索普冲进我的房间，也是抱着类似的目的。当然啦，要是记得不错，大皮是要把果丝“从里到外翻过来，活活把自己吃掉”，而斯波德则说要“拧断他的脖子”，不过基本原理并无二致。

我自然明白这其中原委，其实这一幕也早在我预料之中。我没有忘记果丝之前讲过，斯波德曾向他表明心迹，说要是他让玛德琳·巴塞特受了什么委屈，一定千方百计地叫他颈椎骨脱臼。无疑，斯波德是喝咖啡那工夫从玛德琳那里了解了来龙去脉，于是就将计划付诸实践了。

至于来龙去脉如何，我还是一无所知。不过斯波德的态度很明显，总之是对果丝大大不利。我认为，他一定是做出了什么惊天动地的蠢事。

毫无疑问，前途可畏，要是我能尽一点绵薄之力，我一定毫不犹豫地出手。但是我看我也是无能为力，只能顺其自然了。我微微叹了口气，又拿起“竖寒毛”，正读得津津有味，耳边突然传来一个嘶哑的声音：“嘿，伯弟！”我立刻直起身子，身上没有一处不在打战，好像先辈的鬼魂慢慢靠拢过来，对着我的后脖颈吹了口气。

我一转身，看到奥古斯都·粉克-诺透从床底下钻了出来。

这一惊之下，我舌头根和扁桃体顿时搅成一团，有种窒息般的难受，一时间说不出话来，只能瞪着果丝。这一瞪之下倒叫我看出，他一直在密切留意刚才的对话。他那副样子，正是深知自己险胜斯波德半步。只见他头发如乱草，双眼大而无神，鼻子抽搐个不停。想必被黄鼠狼追的兔子就是他这副模样，唯一的区别是兔子不会戴玳瑁眼镜。

“好险啊，伯弟，”他颤巍巍地低声说，他走到房间另一头，膝盖微微发软，脸上泛着青绿色，“我看我得把门锁上，你不介意吧？他可能会杀个回马枪。他没有检查床底下，倒叫我出乎意料，我一直觉着那帮大独裁者做事一丝不苟的。”

我终于解开了舌头结。“别管什么床底下、大独裁者的了。你和玛德琳·巴塞特是怎么回事？”

他脸上一阵抽搐。“咱们不谈这个行吗？”

“我就要谈这个，我不想谈别的，只想谈这个。她怎么把婚约取消了？你把她怎么了？”

他脸上又是一阵抽搐。看得出，正是被我触到了痛神经。

“其实不是我把她怎么了，而是我把史黛芬妮·宾怎么了。”

“史呆？”

“对。”

“你把史呆怎么了？”

他神色尴尬。“我，呃……嗯，其实呢，我……说真的，我现在也意识到这是个错误，但当时我觉得那主意不赖……哎，其实就是……”

“快说呀。”

他勉强打起精神。“哎，伯弟，不知道你记不记得咱们晚饭前说，她可能把小本子带在身上……我提出了一个猜想，你兴许记得，就是在她袜子里……然后我建议，你想起来没有，就是可以去……”

我一阵眩晕，领会了其中精要。“你不是……”

“没错。”

“什么时候？”

他脸上现出痛苦的神色。“就在晚饭前。咱们不是听到她在客厅里唱民歌嘛，我于是赶过去，看到她坐在钢琴边上，就一个人……至少我当时以为她就一个人……我脑袋里突然闪出一个念头，觉着这是个大好的机会……哎，我是不晓得玛德琳其实也在场，虽然暂时看不到她。她刚巧到屋角屏风后面放歌谱的柜子里拿民歌谱子……于是，哎，总而言之，我正要……哎，长话短说吧，我正要……怎么说呢？就是我正在行动，她就回来了……于是，哎，你懂了吧，前不久才发生马厩帮人家弄掉眼里的沙子事件，这回可不好应付了。事实就是，我没应付过去。就是这样。伯弟，你会绑床单吗？”

这所谓的跳跃思维我没跟上。“绑床单？”

“我刚才趴在床底下听你和斯波德说话，想来想去觉得只有一个办法，那就是把你的床单掀下来绑在一起，你就能把我从窗户顺到楼下去。书里都是这么写的，我记得电影里好像也演过。我出去以后就开着你的车回伦敦。这之后嘛，我还没想好，大概前往加利福尼亚吧。”

“加利福尼亚？”

“离这儿七千英里，斯波德总不会追过去吧。”

我目瞪口呆。“你不是要逃跑吧？”

“我当然要逃跑。立刻，马上。你不是听到斯波德的话了？”

“难不成你还害怕斯波德？”

“怕啊。”

“你亲口说过他是一堆肌肉和蛮力，明显脚下功夫不行。”

“是，我记得。但那时候我以为他追的是你。人的观点是会变的。”

“果丝，你得振作！不能就这么一走了之。”

“我还能有什么办法？”

“嘿，留下来劝她和好呀。你还没机会去跟她求情呢。”

“求过了，吃饭的时候，就在上鱼那会儿。没用。她冷冷地瞥了我一眼，对着我捏面包球儿。”

我绞尽脑汁，觉得肯定有什么渠道有待开发，不出半分钟我就有了门路。“你要做的，”我说，“就是拿回小本子。一旦拿到手，就去给玛德琳看，她看了里面的内容就会相信，你对史呆的举动并不是出于她所想象的动机，其实没有一点儿歪脑筋。这样一来她会明白，你的所作所为完全是出于……话到嘴边想不起来了……啊，走投无路气急败坏。她会理解你、原谅你的。”

一瞬间，一丝微弱的希望之光点亮了他扭曲的面孔。

“是个办法，”他赞同道，“有点意思，伯弟。这点子不错。”

“保准成功。‘独共普琅德何，系独八合道内噫’[1]，就是这个意思。”

希望之光灭了。

1　法语俗语，Tout comprendre, c'est tout pardonner（理解一切即原谅一切）。

“可我怎么才能拿到小本子？她放哪儿了？”

“不在她身上吗？”

“我想不在。不过我的调查嘛，由于情况所限，自然是草草了事。”

“可能在她房里。”

“哎，那就完了，我哪能去搜人家的闺房？”

“怎么不能？你冒出来的时候我正读这本书，真是无巧不成书——嗯，我说巧，说不定这些都是天意的安排呢——刚好读到一群罪犯在搜人家房间。现在就行动，果丝，她大概得在客厅磨蹭一小时。”

“其实她一会儿要去村里。助理牧师要在工人会馆给职业母亲做关于圣地的讲座，还准备了彩色幻灯片，宾去给他们做钢琴伴奏。但就算如此……不行，伯弟，我不能，虽然这可能是正确的选择，其实我也看出这就是正确的选择，但我没胆量。要是被斯波德抓个正着呢？”

“斯波德怎么会转悠到人家女孩子的卧室？”

“这我可不知道。你不能凭这么不靠谱的假设就制定计划。依我看，他会到处转悠。不行。我心已碎，前途未卜，我一点办法没有，只有接受现实，开始绑床单。咱们动手吧。”

“不许你绑我的床单。”

“可该死，我危在旦夕啊。”

“我不管，反正我拒绝帮你这懦夫溜之大吉。”

“这还是伯弟·伍斯特吗？”

“这话你说过。”

“我还要再说一次。伯弟，最后再问你一次，你能不能借我两条床单，和我一起绑？”

“不能。”

“那我就只好找个地方躲起来，等到天亮送奶车出发。再见了，伯弟。你真叫我大失所望。”

“你才叫我大失所望呢。没想到你这么没胆子。”

“我有胆，所以不想被斯波德玩弄。”

他又投来一个垂死的水螈的表情，然后小心地打开房门，对走廊左右巡视一番，表示满意，因为暂时万径斯波德踪灭。他蹑手蹑脚地走了。我又拿起小说。现在除了读小说，我实在想不到别的办法能叫自己免受忧思之苦。

不一会儿我就察觉到吉夫斯出现了。我没听到他进门，不过吉夫斯一向如此。他总是无声无息地从甲处飘到乙处，像气体一样。

第七章

吉夫斯虽说不上在窃笑，但千真万确挂着个怡然自得的表情。我突然想起，被讨厌的果丝这么一闹，我都忘了刚才派他去给少年伽倪墨得斯俱乐部书记打电话的事。我满心期待地站起来。除非看走了眼，他这是有情况汇报。

“吉夫斯，你和书记通过话了？”

“是，少爷，我们刚刚说完话。”

“他抖了八卦没有？”

“他知无不言，少爷。”

“斯波德有秘密没有？”

“有，少爷。”

我激动地一拍裤腿。“我就知道信达丽姑妈的话没错。姑妈们一向最明白，是种直觉吧。快说来听听。”

“只怕恕难从命，少爷，俱乐部有严格规定，不得随意透露记事本中的内容。”

“你是说，你得守口如瓶？”

“是，少爷。”

“那电话不是白打了？”

“少爷，我只是不方便提及细节，但是却不妨告诉少爷，要想大大削弱斯波德先生为恶的能力，只要对他说自己知道‘优拉丽’的事。”

“优拉丽？”

“优拉丽，少爷。”

“这就能制止他的恶行？”

“是，少爷。”

我一阵犯寻思。听着不像管用啊。“你确定不能再深入解释一下？”

“十分确定，少爷。否则可能被迫提前退出俱乐部。”

“哎，我当然不希望看到这一幕啦。”我想象管家小分队围成一圈注视委员会剪掉他纽扣的情形[1]，一阵反感。“你真的能保证，要是我盯着斯波德跟他提这茬，就能灭掉他的威风？咱们可说清楚了。假设你是斯波德，我走到你身边说‘斯波德，我知道优拉丽的事’，这么一来你就傻眼了？”

“是，少爷，我相信，关于优拉丽这个话题，鉴于斯波德先生作为公众人物的身份，他一定极不希望走漏风声。”

我练了一小会儿。我走到五斗橱前，双手插在口袋里说：“斯波德，我知道优拉丽的事。”我又试了一次，这次摇起了手指，然后抱着肩膀又试了一回。我还是觉得没什么信心。

但我安慰自己说，吉夫斯总不会错。“哎，吉夫斯，就听你的吧。咱们最好先找到果丝，把这条救命的消息告诉他。”

“少爷是说？”

---

1 法国作家路易·佩尔戈（Louis Pergaud，1882—1915）的儿童小说《纽扣战争》（*La Guerre des boutons*，1912）中，“俘虏”会被剪掉纽扣。

“啊，是，这事儿你还不知道是吧？这么说吧，吉夫斯，自从咱们上次分开以后，情节更加扑朔迷离了。斯波德一直爱着巴塞特小姐，你知道吗？”

“不知道，少爷。”

“嗯，就是这么回事。斯波德以巴塞特小姐的幸福为己任，现在她取消订婚，而且是由于男性合约方举止有伤风化，所以他要扭断果丝的脖子。”

“果然如此，少爷？”

“我保证。刚才斯波德在这儿亲口说的，正巧果丝趴在床底下也听到了。现在的结果就是果丝说要爬窗户逃到加利福尼亚。这可是会要人命的。必须叫他留下，努力促成和解。”

“是，少爷。”

“他在加利福尼亚可不能促成和解。”

“是不能，少爷。”

“所以我得去找他。不过我怀疑他处在人生这个节骨眼上是不会被轻易找到的。估计他已经逃到屋顶，正琢磨下一步如何是好呢。”

我的疑虑果然充分且合理。我孜孜不倦地找遍房子，就是不见他的影子。无疑，托特利庄园窝藏了一个奥古斯都·粉克-诺透，而且把这秘密守得很牢。最后我不得不放弃，又返回卧室，刚跨进房门，就给戳中了命脉：真是踏破铁鞋无觅处啊，他这不正站在床边绑床单呢嘛。

由于他背对房门，再加上地毯的消声效果，他没发现我进门。我大喝一声“喂”，声音颇为锐利，因为看到床惨遭蹂躏，我心下骇然。他听到声音转过身来，脸如死灰。

“哇！”他大叫，“我还以为是斯波德呢！”

愤慨随之取代了恐惧。他恨恨地盯着我，眼镜后的双眼冷冷的，样子很像着恼的大菱鲆。

“你干什么呀，该死的伍斯特，”他质问道，“偷偷走到人家身后‘喂’的一声？差点害我心脏病发作。”

“你又是干什么，见鬼的粉克-诺透？”我也质问道，“我明明禁止你跟我的被套捣乱！你不是有床单吗？去绑你自己的。”

“那哪行，斯波德正在我床上守着呢。”

“真的？”

“可不是。就等着我自投罗网。我从你这儿走了以后就回房去，发现他也在。要不是他碰巧清嗓子，我就进门了。”

我认为，现在可以叫这个不安的灵魂安息了。“你不用怕斯波德，果丝。”

“什么意思，我不用怕斯波德？别胡说。”

“就是这个意思，斯波德之为威胁——是叫‘之为’吧，已经一去不返了。多亏了吉夫斯完美无缺的秘密渠道，我掌握了他见不得人的把柄。”

“是什么？”

“哦，这可难倒我了。与其说我掌握了，其实是吉夫斯掌握了。很不幸，吉夫斯必须守口如瓶。不过，我有十足的把握能唬住他。要是他敢动粗，我就叫他好看。”我住了口，静静听着。走廊里传来了脚步声。“啊，”我说，“有人来了。很可能就是这家伙。”

果丝忍不住一声哀号：“快锁门！”

“没有这个必要，”我满不在乎地把手一挥，“叫他进来。

我十分欢迎他到访。好好瞧着我怎么对付他，果丝。保准你开心。”

我猜得一点不错，来者的确是斯波德。他一定是在果丝的床上坐得不耐烦了，想不如再来找伯特伦说说话，调节一下单调无味的局面。他和上次一样，不敲门就冲进来，一看到果丝，立刻默默庆祝得来全不费工夫。他站定了，鼻孔里喘着粗气。

自从上次见面以来，他好像又长高了，现在有两米六。要是我手里的王牌消息不是来自这么权威的人物，我见了他一定吓得不轻。幸好这些年来我训练有素，知道吉夫斯就算随口一句话也要深信不疑，所以我现在面对他眼都不眨一下。

我不无遗憾地看到，果丝并没有像我这样信心满满。可能因为我还没来得及给他细细解释，也可能因为面对着斯波德的血肉之躯，他神经受不住了。无论如何，他已经退到墙边，据我推测，正打算穿墙而过。此计不成，他呆呆站着，好像某位动物标本剥制师的杰作。我面对入侵者，和他长久地对视着，眼光中惊讶与不屑并重。

“喂，斯波德，”我说，“又怎么啦？”

我在最后一个字眼上狠狠地着了一笔墨，表示心中不悦，但对他却是白费工夫。他没理会我的问话，像《圣经》里的蛇充耳不闻[1]，开始缓缓地迈开步子，目光直直盯着果丝。我发现他的下颌肌肉又动起来了，像之前抓住我把玩沃特金·巴塞特爵士的银器藏品时那样。他的举止有点异样，叫人觉得他随时可能像激动的大猩猩一样，捶打胸口，发出空空之声。

1　《旧约·诗篇》58:3–5：“他们好像塞耳的聋虺，不听行法术的声音，虽用极灵的咒语，也是不听。”

“哼！”他开口了。

我呢，当然不会忍受他这样胡来。他这种走到哪儿“哼”到哪儿的恶习必须加以制止，而且要立即制止。

“斯波德！”我大喝一声，记着好像还敲了一下桌子。

他好像刚刚注意到我也在场。他停下脚步，很不满地瞅了我一眼。“嗯，你有什么事？”

我把眉毛扬了又扬。“我有什么事？不错，问得好。既然你问了，斯波德，我就是要问问你，凭什么三番五次闯到我的私人领地，占据我另有打算的空间，打断我和密友谈话？说真的，这房子简直跟脱衣舞会似的，一点个人隐私都不给。我看你有自己的房间吧，快回去，你这个大笨猪，待着别出来。”

我忍不住迅速瞧了果丝一眼，观察他的反应，并满意地发现，他脸上呈现出崇拜的神情，有如中世纪的落难少女注视骑士单枪匹马对付恶龙。看得出，我再次成为他少年时代心目中的“超胆英雄伍斯特”，无疑，他此刻回想起之前的冷言冷语，备感悔恨与羞愧。

斯波德看起来也大为惊讶，但不是惊喜。他不可置信地看着我，好像被兔子咬了一口。他似乎在想，这还是凉台上那个缩头乌龟吗？

他问我是不是骂他是猪，答案是肯定的。

“大笨猪？”

“大笨猪。是时候了，”我继续说，“该有个充满公德心的人站出来，叫你知道点分寸。斯波德，你是成功地骗了几个白痴，穿着黑短裤到处侮辱伦敦市容，但这样就自觉是个人物，那你可就错了。你听到他们喊‘斯波德万岁’，就以为是人民的声音。你大错特错。人民的声音其实在说：‘快看斯波德那个笨蛋，穿着足球短裤到处显摆！这辈子谁见过这么个缺心眼！’”

他的反应是传说中的如鲠在喉。“嗯？”他说，“哼！我待会儿再跟你算账。”

“我呢，”我立即反驳，快如闪电，“现在就跟你算账。”我点了一支烟。“斯波德，”我亮出杀手锏，“我知道你的秘密！”

“什么？”

“我知道——”

“知道什么？”

我也正这么问自己，所以适才顿了一顿。不管各位相信不相信，就在这紧要关头，正在我迫切需要的时候，吉夫斯跟我说的那个名字，那个对付这家伙的魔法字眼，却被我忘得一干二净。我连什么字打头都不记得了。

名字这东西就是这么奇怪，诸位应该也有所体会。本来以为记得好好的，结果总是话到嘴边就溜走了。有时候看着某个特别眼熟的家伙走过来跟我招呼“好呀，伍斯特”，我只有张口结舌，因为怎么也安不上名号。每到这个时候我总是不知所措，但相比从前，我现在是前所未有的不知所措。

“知道什么？”斯波德问。

“这个，其实嘛，”我只好坦白，“我忘了。”

舞台后方传来一声尖厉的抽气，果丝再次吸引了我的注意力。看得出，我这番话中的深意他已经心领神会。他又想往后退，发现已经退无可退，眼中顿时现出绝望之色。正当斯波德向他走去，绝望突然转成了果断和坚毅。

我常爱回想这一刻的奥古斯都·粉克-诺透。他出手不俗。不得不承认，我从来没有把他看成是行动派；本质上他是个浪漫派。但这会儿，他当机立断，鼓足勇气，好像从小在旧金山码头练就了一身混战功夫。

就在他想融为一体的墙壁上方，挂着一幅面积不小的油画，画中一位穿着及膝短裤、头戴三角帽的先生正注视着一位小姐，而这位小姐正对着一只鸟儿叽咕——没看错的话，是只鸽子，或者斑鸠。自打我住进来就注意过一两回，适才达丽姑妈想摔东西的时候，我还在这画和“祈祷的小撒母耳”之间犹豫了一下。幸好当时没有选中它，否则果丝现在也没法把它扯下来，巧妙地一抖手腕，直击斯波德的脑袋。

我说“幸好”，是因为要说谁需要被油画砸一砸，那就是罗德里克·斯波德无疑。从打初次见面，他的一言一行就充分证明他活该受这么一下。可惜但凡一切美事总有点小瑕疵，我很快发现，果丝的努力虽然其情可嘉，但就实际成效而言，实在微不足道。他本该斜抓着油画，以便充分利用其坚实的画框，可惜他却利用了武器的扁平部分，结果就是斯波德的脑袋穿透了画布，像马跳火圈。换句话说，这一下本来有望成为决定性的一击，结果却成了吉夫斯口中所谓的“表姿态”。

不过，这一下至少暂时延缓了斯波德的计划。他眨巴着眼睛，那幅画套在脖子上，像古时候的拉夫领，这就给了我充分的时间采取措施。

只要比画个手势，告诉咱们暖场结束，现在起一切自便，咱们伍斯特就决不会手软。本来果丝绑床单被打断，一松手把床单扔在床上，我一把抓起就往斯波德身上罩去，这不过是一眨眼的事。我很久不研究这个题目了，在正式下笔前应该跟吉夫斯确认一下，不过我有点印象，古罗马角斗士在斗兽场上就是这般做法，事后还广受赞誉。

一个人脑袋上刚被画着姑娘跟鸽子叽咕的油画砸过，随即又被床单套住，想必是无法保持冷静和清醒的。凡是斯波德的朋友，要是为他的利益着想，一定会建议他先保持一动不动，等冲破这只茧再说，也只有这样，才能在椅子事物遍地开花的空间中不至于来个四仰八叉。

但他没有。听到果丝"嗖"的一声突出重围，他立刻朝着大致方向猛扑过去，从而不可避免地卧倒了。等果丝毫无阻碍地冲出房门，他已经扑倒在地，无与伦比地裹成一团。

凡是我的朋友，一定会提醒我立即撤退。现在回想起来，我清醒地意识到，我错就错在不该抓起壁炉台上的瓷瓶——就在原先摆着的小撒母耳不远处——对准床单下面传出说话声的凸起处、貌似斯波德脑袋的地方砸了下去。我正中目标，瓷瓶碎成十数片；这当然是做了好事，沃特金·巴塞特爵士这种人的财产被毁是多多益善。只可惜，这个击打动作叫我一个站立不稳，接着，床单下面伸出一只手拽住了我的衣角。

不用说，这是大难临头。可能无名小辈会觉得再挣扎下去也是无益，但咱们伍斯特与众不同之处就在于他们决不是无名小辈；这话我以前也提过的。他们头脑冷静、思维敏捷、行动迅速，拿破仑的作风。刚才说过，我打算揭发斯波德的秘密前刚点了一支烟，此刻这支插在烟嘴里的烟还好端端的夹在嘴里。我急忙拿下烟，把点着的那头按向阻挡去路的香肠手。

结果大快人心。按最近这一系列事件的趋势来看，罗德里克·斯波德本该作好了应付一切状况的准备；没想到这一个小小的变故竟然叫他措手不及。他痛苦地一声尖叫，松开了我的衣角，我再无片刻耽搁。伯特伦·伍斯特对于要不要留在原地有自知之明。要是伯特伦·伍斯特看到有只拦路虎，就会拐进小巷。我以惊人的速度撤离现场，本来会以迅雷不及掩耳之势冲过门槛，比之果丝还要快一两秒，不料却迎头撞上一个坚实的身躯。我们两个抱作一团的时候我忍不住想，在托特利庄园，事故还真是此起彼伏。

我猜是因为闻到对方太阳穴上散发出来的古龙水味，从而辨别出这坚实的身躯乃属达丽姑妈。不过就算没有气味，听到她口中爆发出来的丰富的狩猎专用感叹语，我也知道谜底了。我们滚作一团，想必是朝着屋内的方向去的，因为我马上就发现，我们撞上了床单素裹的斯波德，刚才他还在房间另一头呢。唯一的解释就是我们滚向东南方，他滚向西北方，最后在半途相遇了。

我注意到，斯波德此刻已恢复了理性，正抓着达丽姑妈的左腿，而达丽姑妈好像老大不高兴。虽然被侄子撞到腰腹部，她有些上气不接下气，但发威的气力还是足足的。她开足了火力。

“什么鬼地方？”她慷慨激昂地质问，“精神病院吗？你们都疯了？先是粉哥-挠头在走廊里狂奔，像野马似的，接着你又把我当毛蓬松，想穿膛而过，这会儿这位披着呢斗篷的阁下又来捏我脚腕。这种事呢，自从上次参加约克和安斯蒂狩猎舞会以来我就没遇到，那是一九二一年啦。”

这些抗议斯波德定是听进了心里，大概良知被唤醒了，总之，他松了手，达丽姑妈站起身，拍打着裙子。

“好了，”她冷静了一点，“麻烦给个解释吧，要解释得通才好。什么意思？到底怎么回事？裹尸布里藏的是哪个混账家伙？”

“你见过斯波德了吧，”我为他们引荐，“斯波德，这位是特拉弗斯夫人。”

斯波德已经甩掉床单，但那幅画还套着，达丽姑妈好奇地打量。

“你干吗在脖子上套那么个玩意儿？”她问过后又宽容地说，“喜欢的话当然随你，不过可不怎么配。”

斯波德没应声，只是重重地喘气。这不能怪他，真的，换作我也是一个反应，但那动静叫人不爽，我很希望他不要这样。同时他还牢牢地盯着我看，我很希望他也不要这样。他面红耳赤，鼓着双眼，我有种奇怪的错觉，好像他的头发根根直竖，“像愤怒的豪猪身上的刺毛一样森然耸立”[1]——这是吉夫斯的原话，那次他跟我讲八爷·丰吉–菲普斯发现押的宝打了水漂就是这么个反应：他在纽马克特春季赛马会上投了一大笔银子，结果那匹马只跑了个第六。

我记得有一次跟吉夫斯闹了点小别扭，从职介所雇了个人顶替他。这家伙跟着我还不到一个礼拜，有天晚上把自己灌得酩酊大醉，放火烧了房子，还举着切肉刀扬言要把我切成一块块，说他好奇我内脏的颜色，真是天下之大无奇不有。到目前为止，我一直把这段经历看作是人生中最艰难的坎儿，现在我发现它只能屈居第二。

我说的那位老兄，头脑简单，没念过什么书，斯波德呢，

1　《哈姆雷特》第一幕第五场，朱生豪译。

是出身优渥，教养良好，但很明显，这两位的灵魂在同一点上取得了共鸣。在别的话题上他们想必不会有什么共同观点，但对于我内脏颜色的好奇心上，他们是不谋而合。唯一的区别在于，我那下人打算用切肉刀来挖掘，而斯波德似乎认为赤手空拳足以胜任。

“夫人，请回避一下。”斯波德说。

“我这才刚到呢。”达丽姑妈回答。

“我要把这家伙揍个半死。”

用这种态度和我这老亲戚说话可大大不对。她特别维护本家人，并且我也说过，对伯特伦更是宠爱有加。只见她脸色一沉。“不许你碰我侄儿。”

“我要打碎他每一块骨头。”

“我决不让你得逞。你也敢想！你小子，哟！”

她说到最末一句的时候抬高了声调，原因是斯波德此刻突然向我迈了一步。

只见他双眼冒火，八字胡挓挲着，更不必说他还咬牙切齿、恶意地转动拇指，这一步中的种种本会叫我翩然而去，像慢动作的芭蕾舞女郎。要是放在刚才，结局一定如此。但是我没有翩然而去。我定定地站着，稳如泰山。有没有抱起膀子我记不得了，但我清晰地记得，我嘴角微微浮起了一抹顽皮的笑。

这一刻钟里我冥思苦想都没有完成的事，达丽姑妈一个单音节的“哟”就解决了——它替我打开了记忆的闸门。吉夫斯的话一下涌了出来。前一秒我还大脑一片空白，这一秒记忆喷涌而出，拦都拦不住。这也是很稀松平常的。

“等一下，斯波德，”我静静地说，“稍等一下。你先别狂，不妨告诉你，我知道优拉丽的事。”

效果简直惊天动地。我觉得自己像按下电钮，炸开了煤矿似的。要不是出于我对吉夫斯的绝对信任，早就料到效果一定不俗，我必定会大大惊异于该声明对此人的影响。看得出，这下正中要害，叫他起伏不定，像只搅蛋器。他退后一步，好像被烫了一下，脸上慢慢浮起惊惧交加的神情。

看到这一幕，我情不自禁地想起以前在牛津的一桩经历，那时年少轻狂啊。当时是“八人划船周[1]”，我和某个姑娘在河畔散步，她叫什么是记不得啦，总之当时传来一声犬吠，一只孔武有力的大狗向我们扑来，只见它兴头十足，明显不安好心。我正祈祷上苍保佑，同时感慨这法兰绒裤子被撕咬过后，那三十镑是白花了。我那同伴气定神闲地等到看清了这畜生的眼白，说时迟那时快，对着狗脸撑开了手里的日本花纸伞。这狗见状连翻了三个后空翻，就默默回去过它的小日子了。

罗德里克·斯波德虽然没有做后空翻，但除此之外，他的反应和那只狼狈的大狗是别无二致。他先是站在那里目瞪口呆。然后他说了一句：“啊？”再然后他把嘴巴拧起来，估计就是他心中一笑泯恩仇的笑吧。再再然后他做了六下吞咽动作——也可能是七下，好像被鱼骨头卡住了。最终他开口了。他的声音很像是传说中的鸣鸠呼妇，而且还是异常驯服的斑鸠。

“啊，你知道？”他问。

“我知道。”我回答。

要是他此刻问我知道人家什么，那我就没辙了，所幸他没问。

1 “八人划船周”，又称“夏季八人赛”（Eights Week/Summer Eights），牛津大学各学院之间的划船比赛，每年夏季学期举行，为期四天。

“呃，你是怎么知道的？”

“我自有妙计。”

“啊？”他问。

“嗯。”我答道。然后两人都没有作声。

我简直不相信这么个硬骨头也会亦步亦趋，极尽奉承，但他真的趋过来了。只见他露出恳求的神色。“你不会告诉别人吧，伍斯特？你不会告诉别人的，是吧，伍斯特？”

“不会——”

“谢谢你，伍斯特。”

“条件是，”我接着说，“你以后不许再做出这些个稀奇古怪的举动——怎么说来着？”

他又趋过来一点。“当然，当然。我怕是行动太过草率啦，”他伸手抚平我的袖口，“是不是把你衣服弄皱了，伍斯特？对不起啦，是我失态。以后不会啦。”

“最好不会。老天爷！拽着人家衣角还说要打碎人家的骨头。真是闻所未闻。”

“我明白我明白，我错了。”

“当然是你错了。以后有这种事我不会轻饶，斯波德。”

“是是，我懂了。”

“自从我踏进这房子以来，就对你的所作所为不甚满意。比如饭桌上你看我的眼神。可能你以为人家不注意，人家怎么会不注意。”

“当然当然。”

“再比如你说我是可怜虫。”

“对不起，我不该叫你可怜虫，伍斯特。我说话没经过大脑。”

“要时刻经过大脑，斯波德。好了，没事了，你可以走了。”

“晚安，伍斯特。”

“晚安，斯波德。”

他低着头匆匆走了。我转身望着达丽姑妈，她一直在背景里制造摩托车的动静。她望着我，好像见了幻象似的。想必这一幕叫这位无辜的旁观者大开眼界。

“嘿，我还真是……”她住了口。也许该庆幸，因为此妇人激动起来常常忘了自己并不是身在狩猎场，那个动词要是说出口，只怕在场的男女老少承受不起。

“伯弟！这是怎么回事？”

我漫不经心地一挥手。“嗨，就是给他个小教训，叫他尝尝我的厉害而已。对斯波德这种人，一定得采取强硬政策。”

“这个优拉丽是谁？”

“啊，这可难倒我了，个中详情只有吉夫斯才知道。不过问也是白问，因为俱乐部有严格规定，会员只能说到这份上了。吉夫斯呢，”功劳是谁的就是谁的，这是我的一贯原则，“不久之前刚跟我报告，说只要对斯波德说自己知道优拉丽的事，就能让他蔫下去，像烧着的羽毛。你也看到了，这蔫下去确实是他烧着的羽毛模样。至于此女是谁，我一点头绪也没有。我只能猜测她是斯波德的一段过往，只怕还是相当见不得光的一段。”

我叹了口气，心里不是不动容。“咱们也能猜个八九不离十，是不是，姑妈？那轻信的女子怎知男人会变心……那小小的包袱……伤心欲绝地走到河边……扑通……咕噜噜的哭声……我看是这样，你说呢？也难怪他面如死灰，生怕叫世人知道。”

达丽姑妈深吸一口气，一副“灵魂苏醒”的表情。“老好的勒索！什么也比不上！我以前这么说，以后还是这么说。危机之中百试不爽。伯弟！”她惊呼，“这意味着什么，你想到没有？”

“什么，老亲戚？”

“既然你抓住了斯波德的把柄，那你偷奶牛盅的唯一路障就清除了。你今天晚上就晃悠过去下手。”

我抱憾地摇摇头。刚才就怕她会从这个角度理解，现在我不得不打翻她这杯美酒。对姑妈做这事总叫人不愉快，尤其是小时候她还把我抱在膝上逗弄啊。

“不，”我说，“你错了。我这么说你别见怪，你这是说胡话。斯波德诚然不再构成交通隐患，但是小本子还在史呆手里。我得先弄到手，不然不能对奶牛盅轻举妄动。”

“为什么？啊，看来你还不知道吧。玛德琳·巴塞特跟粉哥-挠头的订婚取消了。她刚才亲口告诉我的，说是绝对机密。这就结了。你原来怕小史黛芬妮把小本子交给老巴塞特，从而破坏婚约，现在既然破坏了——”

我又摇晃起脑袋瓜。

“亲爱的姑妈，你推理错了，”我说，“离重点差了一里地。只要小本子在史呆手里，就没法拿给玛德琳看。只有拿给玛德琳看了，果丝才能证明他之所以摸索史呆的腿，根本不是出于她想象的居心。只有证明不是出于她想象的居心，果丝才能拨乱反正，促成和解。只有拨乱反正，促成和解，我才能摆脱这个麻烦，不用娶这个见鬼的巴塞特。没错，我重申一遍，我得先拿回小本子，再作别的打算。”

我对情况这一番毫不留情的分析产生了效果，从态度上就能明显看出她被打动了。有一阵子工夫她默默咬着下嘴唇，眉头紧锁，像喝了杯苦酒。“嗯，你打算怎么拿到手？”

“我计划去搜她的房间。”

“这是哪门子的计划？”

“亲爱的老姑妈，果丝经过调查，证实东西不在她身上。通过进一步推理，我们认定一定在她房间里。”

“话虽如此，你这个笨蛋，她房间哪里？哪里都有可能。而且不管是哪儿，保管是藏得十分仔细。我看这一点你是没想到吧。”

我的确没想到，大概我那声“啊哦”揭露了真相，所以她才从鼻子里哼了一声，像饮水的野牛。

“你以为那小本子明晃晃地摆在梳妆台上吧。行了，你愿意就去搜吧，我看也不碍什么事。总算有点事做，没空出去鬼混了。我呢，这就回屋去想个明智的办法。咱们俩总得有个人做吧。”

她走到壁炉台前停住脚步，拿起一只瓷马往地上一摔，踩了几脚就走了。我有点心神不定，本以为一切安排就绪，现在发现事与愿违，自然受了点刺激。我坐下来，埋头苦思。

苦思之下，我不得不承认我这亲骨肉说得有理。放眼我这间屋子，要是我手里有个皮面小本子，写满对老巴塞特喝汤仪态的批评，我一下能找到十几处上佳的藏匿地点。据此推算，史呆的老巢里，情况也类似。要是我此番前往，面临的搜寻任务可能连最精明的警犬也一筹莫展，更别说我从小就不擅长找拖鞋游戏。

为了让大脑休息一下，我又拿起了“鸡皮疙瘩”。感谢上苍，我还没读完半页就一声惊呼。这一段太重要了。“吉夫斯，”片刻之后他走进屋，“这一段太重要了。”

“少爷？”

原来我语出仓促，需要加个脚注。“是我读的这本惊悚小说，”我解释道，“等一下，解释之前，我先要对你致以崇高的敬意，你那条斯波德的信息十分准确。十万分衷心的感谢，吉夫斯。你说‘优拉丽’这个名字会叫他萎靡不振，的确如此。斯波德之为威胁……是‘之为’吧？”

“是，少爷，一点不差。”

“我想也是。嗯，斯波德之为威胁，是秋后的蚂蚱。他已经退居二线，彻底停产啦。”

“着实令人快慰，少爷。”

“可不。但是咱们还有一个比彻坎要跳[1]，小史呆还掌握着小本子。吉夫斯，咱们必须找到这个小本子重新夺回来，才能继续下一步的动向。达丽姑妈刚刚没精打采地走了，因为她虽然赞同这玩意儿几乎肯定藏在那个小毛丫头的卧房，但觉得不可能落到咱们手里。她说没人知道小本子在哪里，而且不管在哪儿，无疑藏得很仔细。”

“难就难在这里，少爷。”

“没错。所以要提到这非常重要的一段。它指明了方向，叫咱们不用走歪路。我念给你听听。侦探正跟朋友分析情况，其中的‘他们’目前身份不明，总之是一群歹徒，为了找到被窃的珠

1　英国全国越野障碍赛马中的一道障碍，得名于马丁·比彻（Martin Becher，1797—1864）。

宝，搜遍了某女士的房间。留神听着，吉夫斯。‘他们好像找遍了所有的地方，亲爱的波斯尔思韦特，但是有一个地方他们却放过了，外行啊，波斯尔思韦特，三流的外行。他们从没想过要搜一搜柜橱顶上，换成经验老到的恶棍，一定会头一个想到，因为’——注意这一句——‘因为他知道，这是女性首选的藏匿地点。’”

我热切地看着他。“你看出这一段有多重要了吧，吉夫斯？”

“要是我理解得不错，少爷是说，粉克-诺透先生的小本子可能就藏在宾小姐卧室柜橱顶上？”

“不是可能，吉夫斯，是一定。我看除此以外没有别的地方可藏。那位侦探可不是傻子。他说是就一定是。我充分信任这位老兄，并且准备按他的指示行动。”

“少爷不是打算……”

“没错，正是。我要马上行动，史呆去了工人会馆，得待上好一阵子。村中的那群职业母亲对圣地的彩色幻灯片一定百看不厌，何况还有钢琴伴奏，怎么说也得耗上两小时。所以正好趁现在道路畅通，抓紧行动。吉夫斯，勒紧裤带，跟我一起来。”

“这，不是吧，少爷——”

“别跟我‘这不是吧少爷’。我以前就批评过你这个坏习惯，我说要采取什么战略行动，你就亮出这句怪里怪气的‘这不是吧少爷’。我希望你少来‘这不是吧少爷’，多来点撸起袖子的干劲儿。吉夫斯，想想忠仆的精神。你知道史呆的房间在哪儿吗？”

“知道，少爷。”

“前进！”

虽然在上面那截对话中我表现得无限勇猛，但在向目的地挺进的路上，我的思想状态却不是太高涨。实际上，我越走越低落。这和上次被罗伯塔·威克姆怂恿去戳热水袋是同样的情形。我顶讨厌这么偷偷摸摸鬼鬼祟祟的。伯特伦·伍斯特喜欢抬头挺胸脚踏实地，不爱踮着脚尖，脊梁骨扭成缩帆结。

也正是因为我料到自己有这种表现，所以迫切要求吉夫斯跟着一起，为我提供道义上的支持。此时此刻，我暗暗希望他打起精神，能表现得积极点。我本来期待着精心的服务和无私的配合，但他一点不给面子。从一开始，他就一副高高在上、不以为然的态度，好像希望完全撇清关系，这叫我心生怨怼。

由于他那边高高在上，我这边心生怨怼，所以我们一路上一言不发，就这样一言不发地进了屋子打开灯。

我一打眼就觉得，对于史呆这么个道德败坏的小虾米来说，在住宿的问题上倒是不含糊。当年建造托特利庄园的时候，人们普遍认为，所谓一个温暖的小窝，卧室的设计标准是容得下五十对男女即兴跳跳舞，否则就算不得卧室。史呆的这间圣所足以睡得下十几个史呆。在天棚上那盏小电灯的照射下，这该死的屋子好像四周绵延数英里远。要不是那位侦探一语道破，这片广阔的天地间，还真说不好果丝的小本子藏在哪儿呢。想到此处我不禁一阵后怕。

我正祈祷着一切顺利，思绪却被一种奇怪的咕噜声打断了。这声音好似静电噪声，又好似远处的雷声，长话短说，其出处是巴塞洛缪的咽喉。

它正站在床上用前爪刨床罩，眼神不难读懂。我和吉夫斯心心相悉，采取了一致行动：我如老鹰般蹿上五斗橱，与此同时吉夫斯像燕子般翻上了柜橱。那畜生跳下床，扑到屋子中央坐定，鼻子里发出汽笛般的呜呜声，隔着眉毛盯着我们，好像苏格兰长老站在布道台上谴责罪恶。

就这样，算是暂时告了一段落。

第八章

吉夫斯率先打破这种充满火药味的沉默。“小本子似乎不在这里，少爷。”

“嗯？”

“我已经检查过柜橱顶部，但没有发现。”

我的回答可能稍嫌尖刻。刚从血盆大口里逃生，我不免有点烦躁。“什么见鬼的小本子，吉夫斯！这狗怎么办？”

“是，少爷。”

“什么意思，‘是，少爷’？”

“我只是希望表示，对于少爷指出的疑问，我深有同感。这只动物突然出现，令人始料不及，毋庸置疑造成了困扰。只要它的情绪维持现状，那就很难对粉克-诺透先生的小本子展开搜找。我们的行动自由不可避免要受到局限。”

“那怎么办？”

“难以抉择，少爷。”

“你也没办法？”

“没有，少爷。”

我本来可以说句刺耳的刻薄话——说什么我其实也没想好，

但是我克制住了。我意识到，他也着实不容易。虽然他天赋惊人，但也不该指望他次次有妙计，从不出岔子啊。他之前的奇思妙想叫我取得非凡的胜利，打败了以罗德里克·斯波德为代表的黑暗力量，无疑他的大脑经此一役暂时有些迟缓。咱们唯一能做的，也只有静候并希望这件仪器能很快恢复运作，助他更上层楼、再创佳绩。

我在脑子里反复思考事态，认为这当然是越快越好，因为很明显，这只犬族败类不会自己动弹，除非对它展开大规模进攻，并且要出奇制胜。以前好像从没见过这样的狗，让人深感它是落地生根，会长久地守在原地，直到牛儿回家——不对，是女主人回家。至于史呆回来发现我在她的五斗橱上打尖，对此我该如何辩解，暂时还没有什么详尽的计划。

我瞧着这畜生往那儿一蹲，像个呆大女婿，觉得气不打一处来。我想起弗雷迪·韦珍有一回到乡下做客，被一只阿尔萨斯狼犬追着跳上了衣柜，他事后诉苦说，整件事最叫人不爽的其实是面子问题——自尊大受打击，大家明白吧——简而言之，他感到自己堂堂的“时代之嗣子”，打个比方吧，因为一只臭狗一时心血来潮，不得不委身衣柜。

我深有同感。我从来不愿意炫耀自己家世显赫什么的，但毕竟伍斯特先祖是同征服者威廉一起过来的，而且跟他还是好哥们。跟征服者一起过来这事谁稀罕？最后不过落得被亚伯丁梗欺辱的下场。

思来想去，我这脾气就上来了。我有点酸溜溜地看着这畜生。“太没人性了，吉夫斯，”我将心中所思宣之于口，“怎么能放任这只狗在卧室里晃来晃去？多不卫生！”

“是，少爷。”

“苏梗再好，也没有不臭的。记得阿加莎姑妈把梗犬麦金放在我那儿寄养，吃我的喝我的不说，还弄得臭气熏天。我不是常常跟你提起吗？”

“是，少爷。”

“这只更厉害，明明应该挪到马厩里睡。我的老天，史呆屋里养苏梗，果丝屋里养水螈，这托特利庄园离麻风病院也不远了。”

“不错，少爷。”

“从另一个角度说，”我越说越有精神，“在卧室里养这种品性的狗也太危险了，说不定谁一进屋就被咬一口。咱们俩在危急关头懂得自保，但假如咱们是神经脆弱的女仆呢？”

“是，少爷。”

“我能想象她走进来铺床的情景。我想她是个娇弱的丫头，大眼睛，怯生生的。她跨过门槛，向床边走去。突然这只食人恶犬扑出来。后果不堪设想。”

“不错，少爷。”

我皱起眉头。“希望你不要坐在那儿‘是，少爷’‘不错，少爷’的，吉夫斯，”我说，“倒是做点什么呀。”

“不知我能做什么，少爷？”

“行动啊，吉夫斯。咱们这会儿需要的就是当机立断，采取行动。你还记不记得咱们那次去赫特福德郡的阿加莎姑妈家里？我帮你回忆一下，那次我和内阁大臣菲尔默阁下一起被一只发怒的天鹅追赶，只好爬上湖心岛的屋棚顶。”

“往事历历在目，少爷。”

“我也是。这画面深深地印在我精神的视网膜上——这个比喻对不对？”

“对，少爷。”

“因为你当时一副‘这里容不得你放肆’的大无畏态度，将雨衣罩在那臭鸟头上，彻底摧毁了它的目标和计划，迫使它从头构思新策略。那次做得太妙了，从没见过这么精彩的一着。”

“谢谢少爷。但求少爷满意。”

“当然满意，吉夫斯，不可斗量啊。我刚才想，咱们故技重施，准叫这只狗傻眼。”

“毋庸置疑，少爷，可惜我没有雨衣。”

“我建议你考虑一下床单。要是你说不准床单有没有同样的效果，不妨告诉你，刚才你回屋之前，我已经在斯波德先生身上试验过了，成果显著。他完全脱不了身。”

“果然，少爷？”

“我保证，吉夫斯。床单这件武器是没比的。床上就有几条。”

“是，少爷，床上。”

一阵沉默。我不想错怪他，但是眼前这个如果不叫nolle prosequi[1]，那我还真不知道什么才算了。我看到他无动于衷的矜持表情，便知道猜得不错。我决定刺激一下他的骄矜，就像之前果丝拿斯波德刺激我一样。

“难不成你还害怕这只小小狗，吉夫斯？”

他礼貌地纠正道，他私以为这不能称作一只小小狗，其肌肉

1　拉丁语，意为撤回诉讼。

发育要远超平均水平。他还特别叫我注意此狗的犬牙。

我再次向他保证。“我想要是你出其不意，就轮不到狗牙什么事。你跳上床，扯下床单，还没等它反应过来就已经被裹住啦，这样咱们就万事大吉了。”

“是，少爷。”

“怎么，你要不要跳？”

“不，少爷。”

接下来是一阵拘谨的沉默。巴塞洛缪一直眼也不眨地盯着我，我再次注意到它那道貌岸然、高人一等的表情，并且心生怨恨。被亚伯丁梗追着爬上五斗橱这事无论如何算不上愉快的经历，但我以为，至少这畜生应该公事公办，不要非得往伤口上撒盐，摆出一副“要不要我帮忙啊”的表情。

我不想再看它这副嘴脸，所以采取了行动。我从身边的烛台上拔下一段蜡烛头，冲这小畜生扔了过去。它津津有味地吞下肚，短暂地抽空吐了一下，然后就继续一声不出地盯着我。就在此时门突然开了，史呆走了进来，这比我预料的早了几个小时。

我一眼就看出，她平常那副兴高采烈的劲头没有了。一般情况下，史呆走到哪里都是神气活现的，大概就是所谓年轻人的跳脱吧，但她进门时步履却沉重缓慢，犹如伏尔加河上的纤夫。她没精打采地扫了我们一眼，简单地“嗨，伯弟，嗨，吉夫斯”招呼了一声，就把我们扔到了脑后。她径直走到梳妆台前，摘下帽子，坐下来注视着镜子中的自己，眼神忧郁。很明显，不知为什么，她的灵魂像瘪了气的轮胎。此时我意识到，要是我不采取主动，那种尴尬的静默势必在所难免，于是我率先开口。

“嘿，史呆。”

“嗨。”

“夜色不错嘛。你的狗刚才在地毯上吐了。”

当然，这些都是铺垫，意在引入主题。我开始奔向主题。“呃，史呆，你看到我们很惊讶吧？”

“没有啊。你们是不是到处找过那小本子？”

“啊，是，对。找了。其实呢，我们还没开始就被两声汪汪给打断了。”（注意没有，我这是轻描淡写，这种情况下的上上之策）“它误以为来者不善。”

“哦？”

“对。你介不介意找条结实的绳子系在它项圈上，从而保全世界的民主？”

“介意。”

“你肯定希望拯救同类的两条性命吧？”

“我才不。如果是两个男的。我讨厌全世界的男人。但愿巴塞洛缪咬断你们的骨头。”

我意识到，从这个角度出发是解决不了问题的，于是换了一个“不完达普义”[1]。“我没想到你这么快回来，”我说，“还以为你去了工人会馆胳肢琴键子，给没品哥带彩片的圣地讲座伴奏呢。”

“我去了。”

“提早回来了？”

“是。讲座取消了。哈罗德把幻灯片摔碎了。”

“啊？”我嘴里这么说，心里却觉着他摔碎幻灯片是注定的，“怎么回事？”

1　法语，意为支点。

她心不在焉地抚摸巴塞洛缪的额头。这狗刚跑过去套近乎。

“他失手掉在地上了。”

“他此举为何？”

“他被吓到了，因为我取消了婚约。”

“什么？”

“没错。”她眼中射出精光，好像在温习那段不愉快的经历，同时嗓音透出金属般的锐利，我以前就发现阿加莎姑妈对我常常是这样。她的心不在焉消失了，取而代之的是大小姐的意气。“我到了哈罗德的小屋，进门之后跟他东聊西聊了一阵，然后问他，‘你什么时候去偷尤斯塔斯·奥茨的警盔，宝贝？’不管你信不信，反正他一副尴尬的丧家犬样子，说自己一直在和良知作斗争，希望能得到许可，但是对方怎么也不肯放他去偷尤斯塔斯·奥茨的警盔，所以就算吹了吧。‘哦？’我站起身说，‘吹了是吧？哼，咱们的订婚也是。’他把一捧圣地的幻灯片掉在了地上，然后我就回来了。”

“你不是开玩笑？”

“当然不是。我这是逃过一劫。要是他连我一个小小的请求都要拒绝，那我还真庆幸能及时发现。我现在心里很畅快。”

说完，她发出一声平纹布撕裂般的抽噎，然后脸埋在双手里，像传说中那样，不可抑制地啜泣起来。

哎，这真叫人不好受，说我惺惺相惜、感同身受也不为过。我觉着放眼伦敦西一邮政区，没有谁比我更容易为女子的忧愁而动容。要是我离得近一点，真巴不得拍拍她的头。但是，虽然咱们伍斯特心肠软，但也有实际的一面，没过多久我就发现其中的积极因素。

“嗯，真可惜，”我说，“心都在流血，啊，吉夫斯？”

“确然无疑，少爷。”

“可不，老天，瞧这血流的，咱们也只能说，希望时间神医能够叫伤口渐渐愈合。话说回来，既然如此，你当然就不需要果丝的小本子啦，不如给我吧？”

“什么？”

“我说既然你和没品哥计划的好事告吹了，你也不希望继续留着果丝的小本子——”

“哼，这会儿别拿什么小本子来烦我。”

“不烦，不烦，无论如何也不烦。我只是想说，你有空的时候，看你什么时候方便啦，你不妨顺手……”

“哎，行吧。但是现在不行，本子不在这儿。”

“不在这儿？”

“不在，我放在……咦，什么动静？”

她刚要说到关键处，叫人心痒难搔，可惜话说了半截就被打断了。只听耳边传来一阵敲东西的声音，类似咚咚咚，是从窗户那里传来的。

我应该介绍一下，史呆这间屋子里除了四帷柱大床、几件名画、数把华丽的软垫座椅，其余各种好玩意儿——完全不配给这么个小不正经：人家请她到公寓里吃午饭，她却反咬一口，叫人好生失望惶恐——此外窗外还连着一个阳台。“咚咚”的敲击声就来自阳台，叫人不由推测，是有人站在外面。

巴塞洛缪显然也得出了这个结论，只见它敏捷潇洒地一跳扑到窗边，想咬穿玻璃出去。在此之前，它给人的印象一直是沉默寡言，满足于蹲在一旁虎视眈眈，现在它念起了许多奇怪的咒语。必须坦白，我眼中看着它埋头大嚼，耳中听着它念念有词，不由得暗暗庆幸，多亏自己刚才敏捷，一阵风似的冲上了五斗橱。这个巴塞洛缪·宾，落在它口里必定粉身碎骨。我向来对神意的种种安排尽量不予置评，但我真心看不出，它这种身段的狗干吗要生得一副鳄鱼的下颚和利齿。不过呢，现在做什么也来不及啦。

史呆最初在惊讶之下无所作为，姑娘家听到“咚咚”的敲窗声有这个反应也是预料中的事，不过她此刻已经起身前去查探。坐在我这个位置是什么也看不见，不过她的位置明显更有优势。她拉开窗帘，只见她一只手搭在喉咙上，像演戏那样，然后一声尖叫冲口而出，就连那满嘴白沫的梗犬叫得正欢也掩盖不住。

“哈罗德！”她嗷的一声。我根据所见所闻推断，阳台上的来客必然是没品哥·品克，我最喜爱的助理牧师。

这小巫婆叫出对方名字的时候欢心雀跃，像跟她的恶魔恋人重逢。但很明显，她经过思考发现，鉴于这位上帝使徒和她本人之前的种种，这种语气很不恰当。她接下来的话锋里就带着冷冷的敌意。我之所以能听到，是因为她刚刚俯身抱起了没礼数的巴塞洛缪，一只手捂着狗嘴叫它别嚷——这事就算给一大笔钱我也断然不干。

“你来干什么？”

由于巴塞洛缪终于消停下来，现在的收音效果很好。没品哥的声音隔着玻璃窗有点闷闷的，但我听得一清二楚。

“史呆？”

“什么事？”

“我能进屋吗？”

“不能。”

“我有东西给你。”

这小脓包突然兴奋地号了一嗓子。“哈罗德！可爱的小羊羔！你最终还是去了？”

“是啊。”

“噢，哈罗德，我梦里的好人儿！”

她手忙脚乱地拉开窗户，一阵冷风刮进来，吹着我的脚腕。但出乎我的意料，冷风过后却不见老没品哥。他还滞留在外场，不一会儿我就明白了其中原因。

“我说史呆，好妹妹，你那只大狗拴好没有？”

“拴好了，等一下。”

她把那畜生抱到柜橱前往里面一放，关上了门。以后再没收到它什么信儿，因此我推断它蜷起身子睡了。苏梗都是天生的哲学家，在各种环境中变通自如。它们可谓能屈能伸。

“安全啦，安琪儿。”她走回窗前，刚巧没品哥停船靠岸，把她拥到怀中。

这下两个人抱得不分彼此，叫人难以分辨性别组成。等他最终脱了身，我才得以把他完整地收入眼底。我发现，他和上次见面时相比，添了不少表面积。乡下的黄油，还有助理牧师轻松愉快的生活方式，使他原本就令人瞩目的体型又多了一两磅。我想，要找回青葱岁月里那个精瘦结实的没品哥，只怕要等到大斋节[1]了。

但我很快发觉，他的变化纯粹是表面上的。他马上被地毯绊了一下，撞倒了临时摆放的桌子，一如从前般彻底。我知道，他

1 圣灰星期三起至复活节前的40天，其间进行斋戒和忏悔。

内心深处依旧是那个笨手笨脚的傻大个儿，他有种与生俱来的本领，就算徒步穿越戈壁沙漠，也没法不碰倒点东西。

求学岁月中，没品哥脸上总是因为健康快乐而泛着红光。现在健康还是在的——他像棵牧师界的甜菜根，但此刻那招牌式的快乐却明显不足。只见他愁眉苦脸，好像良知在啮咬其五脏六腑。事实无疑如此，因为他手里正拿着一只警盔；我上次见到的时候，此物还稳稳地立在尤斯塔斯·奥茨警官的天庭之上。没品哥抽搐般地一抖手腕，像要甩开一条死鱼似的，把警盔推给了史呆，对方兴奋不已，温柔和气地尖叫了一声。

“给你拿来了。”哈罗德有气无力地说。

“噢，哈罗德！”

“还有你那双手套，你忘拿了。其实只有一只，另一只我没找到。”

“谢谢你，宝贝。先别管手套了，我的神奇小子，快把事情经过一五一十地讲给我听。”

他刚要开口却没出声。我发现他正盯着我，神情焦灼。然后他又转头盯着吉夫斯。他此刻的想法很好揣摩。他正在跟自己辩论，分不清我们究竟是真的，还是他紧张过度产生的幻觉。

“史呆，”他压低了嗓子，“你先别看。五斗橱上边是不是有什么？”

“嗯？啊，对，是伯弟·伍斯特呀。”

“哟，真的？”没品哥明显松了口气，“我还不敢认呢。那柜橱上是不是也有人？”

“那是伯弟家的吉夫斯。”

“幸会。”没品哥说。

“幸会，先生。”吉夫斯说。

我们爬下地，我张开双臂走上前，迫不及待地开启这场重逢。

“好啊，没品哥。”

“嗨，伯弟。”

“好久不见啦。”

“是有一阵子了，嗯？”

“听说你做了助理牧师。”

“对，没错。”

“你那些灵魂还好吧？”

“哦，还好，多谢。”

接着就没了话说。我琢磨着应该问问他最近有没有见过某某，或者知不知道那谁谁后来怎么了，老校友久别重逢，聊到无话可说，最后不外要唠叨这些。但我没来得及开口就被打乱了计划。这期间史呆一直对着警盔低吟浅唱，像母亲对着摇篮里熟睡的宝宝，这会儿她把警盔往头上一扣，“咯咯”笑了。没品哥见状好像腰间挨了一下，又回想起之前的所作所为。各位想必听过这么一句话“这倒霉鬼好像深知自己的处境”，用来形容此刻的哈罗德·品克再恰当不过。他像匹受惊的野马，不住向后退去，又撞翻了一张桌子，踉跄地倒向椅子，又把椅子撞倒在地。他扶起椅子坐了下来，双手捂着脸。

“要是叫幼儿圣经学习班知道可怎么好！”他打了个大大的冷战。

我明白他的意思。以他这种身份，应该注意自己的一言一行。民众一致认为，助理牧师要恪尽职守，履行教区职责，他在大家心目中的形象应该是向希未人耶布斯人什么的布道，恰到好处地劝诫堕落者，给卧病的善心人送汤送毯子，诸如此类的。要是叫人发现他到处搜集警盔，那大家准要面面相觑，苛责地扬起眉毛，反思此人是不是合适的助理牧师人选。没品哥正是为此饱受困扰，不复从前那个热情洋溢的助理牧师模样：他曾经爽朗的笑声给上次的学校活动平添了多少色彩啊。

史呆努力安慰他："对不起，宝贝。要是你看着不高兴，那我就收起来。"她走到五斗橱前，把警盔收了起来。"不过你这样，"她又走回来，"我倒不明白了。我还想你会骄傲自豪呢。好了，给我讲讲经过吧。"

"对，"我说，"我最喜欢听第一手资料了。"

"你是不是蹑手蹑脚地走到他身后，像猎豹那样？"史呆问。

"那还用问，"我温和地提醒这个小呆瓜，"难不成你以为他大摇大摆走到人家面前？你肯定是不依不饶、狡猾地潜伏在他身后，呃，没品哥，等他坐在篱笆上还是什么上边点上烟斗休息的时候，这才下的手，是吧？"

没品哥直直盯着前方，还是愁眉苦脸的。"他不是坐在篱笆上，只是倚着。史呆，你走了以后，我出门边散步边考虑这事，刚穿过普伦基特家的草坪，正想翻过篱笆到下一家草坪上继续散步，就看到前面有一个黑影，原来就是他。"

我点点头，如临其境。"我希望你没忘了先向前推一下，然后再往上提？"

"无所谓，反正他没戴在头上，他摘下了警盔放在地上。于是我就蹑手蹑脚地过去拿走了。"

我心下大惊，稍稍噘起了嘴。"这不合规矩嘛，没品哥。"

"才不是呢，"史呆热切地反驳，"我说这就叫聪明。"

我的立场不能变更。咱们螽斯俱乐部对这些问题非常严肃。“偷警盔的手法，对就是对，错就是错。”我坚定地说。

“你纯粹是胡说八道。”史呆说，“我觉得你好伟大，宝贝。”

我耸耸肩。“你怎么看，吉夫斯？”

“我想我实在无权置评，少爷。”

“不错，”史呆说，“你也是，哪有你说话的份儿，伯弟·伍斯特脸大不知耻。你以为自己是谁，”她那股热切劲儿又来了，“巴巴跑到人家卧室里，说什么偷警盔的手法还分对错？好像你自己很了不起似的，你还不是被揪住了脖领子，第二天给带到勃舍街，对着沃特金舅舅摇尾乞怜，盼他罚了银子就放人？”

我立刻加以纠正。“我才没有对那个老祸害摇尾乞怜呢。我从头到尾保持了冷静和尊严，像火刑柱上的印第安人。至于你说我希望他罚了银子就放人……”

史呆在此打断我的话，恳请我闭上臭嘴。

“好吧，我只是想说，他那么个判法真叫我目瞪口呆。我强烈认为，依据情节只要口头训诫就行了。算了，这些都不是重点，重点是没品哥在上述情形中没有按规矩办事。我认为，他的举止从道义上看等于专打不会飞的鸟儿。我的意见不能改变。”

“我的意见也不能改变，你没权利待在我的卧室里。你究竟有什么事？”

“是，我也正想问呢。”没品哥第一次提起这个话头。我当然明白，他看到这人山人海的场面一定吃惊不小，他还以为这是心上人独享的闺房呢。

我严肃地看着她。“你知道我有什么事。我都告诉你了，我是来……”

“啊，是了，伯弟是来借本书，宝贝。不过呢——”她眼光望向我，冷冷地不怀好意，“我现在还不能给他。我自己还要用呢。对了，”她继续用那种摄人心魄的眼光盯着我不放，“伯弟说，他很乐意帮咱们实施奶牛盅计划。”

“你愿意，老伙计？”没品哥高兴地问。

“他当然愿意，”史呆抢着回答，“他刚才还说心甘情愿呢。”

“你也不介意我往你鼻子上揍一拳？”

“他当然不介意。”

“你瞧，咱们非得见点血不可。血是万万不能少。”

“当然当然当然，”史呆有点不耐烦，好像急着要给这一幕收场，“他全都理解。”

“你想什么时候动手好，伯弟？”

“他想今天晚上就动手，”史呆说，“没必要拖来拖去。宝贝，你午夜时分在门外等着，那时候大家都睡下了。午夜你看合适吧，伯弟？嗯，伯弟说那时候正合适。那就这么定了。好了，你现在可真得走了，亲爱的，不然要是有人进来看到你，肯定觉得大有蹊跷。晚安，宝贝。”

“晚安，宝贝。”

“晚安，宝贝。”

“晚安，宝贝。”

“等等！”我打断了这段叫人倒胃口的对白，想最后呼唤一次没品哥的美好情操。

“他不能等，他得走了。记得，安琪儿。指定地点，整装待发，十二点整，午夜。晚安，宝贝。”

“晚安，宝贝。”

“晚安，宝贝。”

“晚安，宝贝。”

他们走到阳台上，这段叫人作呕的情话儿逐渐销声匿迹。我望着吉夫斯，一脸庄严肃穆。“嘁，吉夫斯！”

“少爷？”

“我说‘嘁’！我向来心胸开阔，但这次真是太震惊了，可以说胆战心惊啊。我反感的倒不是史呆的所作所为。她是女流之辈，她们向来不懂得分辨是非对错，这是举世皆知的。我只是没想到，哈罗德·品克，堂堂的神职人员，硬领扣在背后的家伙，居然也对此赞许有加，这才叫我胆寒啊。他明明知道史呆握着小本子，也明明知道我是被要挟的，但他叫史呆交还东西没有？才没有！他对这种卑鄙手段可起劲了。托特利高地的会众啊，前途还真是光明，有这么个牧羊人把他们引上正途！他还真给那什么‘幼儿圣经学习班’树了一个好榜样！在哈罗德·品克的脚下坐几年，耳濡目染他这种奇特的道德观价值观，所有的臭毛孩子都得犯个勒索罪，到沃姆伍德大牢蹲上个把年头！”

我激动得说不出话来。此外也因为有点气短。

“我想少爷误会品克先生了。”

“呃？”

“我可以肯定，品克先生以为少爷之所以点头应允，完全是出于一片好意，希望为老朋友略尽绵薄之力。”

“你认为史呆没有把小本子的事告诉他？”

“我对此深信不疑，少爷。看宾小姐的态度就可以知道。”

“我没注意她什么态度。”

“少爷要提到小本子的时候，宾小姐表现得十分尴尬。她担心品克先生会追根究底，从而得知内情，使她不得不物归原主。”

“天啊，吉夫斯，我看你说得不错。”

我回顾了一下刚才的场面。对，他说得一点不错。史呆属于那种女性，她们既像陆军骡子一样坚忍不拔，又像冰块上的鱼儿般满不在乎，但是我刚要告诉没品哥自己为什么在她房间里的时候，她不可否认显得有点暴躁。我又想起她如何焦躁地打发没品哥走人，像酒吧的小个子保镖清走大块头的客人。

“哎呀，吉夫斯！”我佩服不已。

阳台那边远远传来“扑通”一声，片刻之后，史呆回来了。

“哈罗德从梯子上摔下去了，”她纵声大笑，“好了，伯弟，计划你都清楚了吧？就是今晚了！”

我点了一支烟。“慢着！”我说，“先别急。等一下，小史呆。”

我的声音虽然不高，却充满威严，她好像吓了一跳。她眨巴了两下眼睛，疑惑地看着我，而我则吸了一大口烟，泰然自若地喷出鼻孔。

“等一下。”我又说了一遍。

在我记述从前本人和奥古斯都·粉克–诺透的布林克利庄园历险中——看官们可能记得也可能不记得——曾提到我读过一本历史小说，讲一个小英雄还是公子哥之类的汉子，他呢，每次要叫别人好看的时候，总是垂着眼睛露出一抹慵懒的笑意，挥指掸去华美的蕾丝袖口上的一粒灰尘。我记得当时曾写道，我以这位仁兄为榜样，取得了绝佳的效果。

我再次照做。“史呆，”我垂着眼睛露出一抹慵懒的笑意，挥指掸去华美的衬衫袖口上的一粒烟灰，“烦请你把小本子吐出来。”

她疑惑的表情更浓了。看得出，她大惑不解。她以为已经把伯特伦踩在铁蹄底下碾成粉末，岂料他又像两岁小娃似的冒了出来，而且斗志昂扬。

“什么意思？”

我露出好几抹慵懒的笑意。“我想，”我掸了又掸，“我的意思应该很清楚了。我要果丝的小本子，而且立刻就要，不许再回嘴。”

她绷紧嘴唇。“明天就给你，要是哈罗德能交上满意的答复。”

“我现在就要。”

“哈了个哈。”

“你才哈了个哈，小史呆，你个头，”我不失端庄地回敬，“我再说一遍，我现在就要，要是你不给，我就去找老没品哥，对他和盘托出。”

“托出什么？”

“事无巨细地。现在他还以为我之所以点头应允，完全是出于一片好意，希望为老朋友略尽绵薄之力。你没跟他说小本子的事我对此深信不疑。看你的态度就可以知道。我要提到小本子的时候你表现得十分尴尬。你担心没品哥会追根究底，从而得知内情，使你不得不物归原主。”

她的眼神闪烁不定。吉夫斯的判断果然不错。

“你纯粹是胡说。”她虽然这样说，但掩饰不住声音中的颤抖。

“那好。那回见啦。我这就去找没品哥。”

我脚跟一转。不出所料，她发出恳求的哀号，拦住了我。“别，伯弟，别去！你不能去！”

我又转回去。“喔？你承认了？没品哥还蒙在鼓里，不知道你要这种……”我想起达丽姑妈说起沃特金·巴塞特爵士时那句气势磅礴的表达，“这种龌龊的下三烂伎俩。”

“你也没必要说这是龌龊的下三烂伎俩。”

“我偏要说这是龌龊的下三烂伎俩，因为这是我的真实想法。至于没品哥，他一身崇高的道德原则，知道真相以后也会这么想。”我脚跟又一转，“那再次回见啦。”

“伯弟，等等！”

“怎么？”

“伯弟，亲爱的——”

我冷冷地挥动香烟嘴，将她及时制止。“少跟我来‘伯弟亲爱的’。‘伯弟，亲爱的’，真是！这时候才来‘伯弟，亲爱的’这一套。”

“伯弟，亲爱的，听我解释。我怎么敢告诉哈罗德小本子的事，他会吓坏的。他准会说这手段要不得，其实我何尝不知道。但是我想不出还能怎么办，除此以外还有什么办法叫你帮我们。”

“是没有。”

“但你会帮我们的，是不是？”

“不帮。”

“哦，我相信你会的。”

“我猜你是这么想的，但我偏不。”

这段对话进行到第一、第二行的时候，我发现她的眼睛湿润了，嘴唇也开始颤抖，然后一滴晶莹的泪珠儿悄悄滑下了脸颊。这泪珠儿不过是先遣部队，现在大坝决了堤，来势汹汹。她简短地说，希望自己死了算了，到时候我低头望着她的棺木一定觉得傻眼，因为她都是被我的无情无义所害。说完她扑到床上，开始“呜啵”。

这和之前那阵不可抑制的啜泣如出一辙，我再次觉得有点底气不足。我犹豫不决地站在那儿，紧张地摆弄领结。我之前提过女子的忧愁对我有什么影响。

“呜啵。”她不依不饶。

“呜啵……呜啵……”

“史呆，乖丫头，讲讲理嘛。动动脑子。你不会真以为我会去偷奶牛盅吧？”

“我们呜啵就指望它了。”

“可能吧。但是听着。你没领会潜在的障碍。你那个可恶的舅舅正密切留意我的一举一动，就等着我犯点什么事呢。就算没有他，光是想到我的合作伙伴是没品哥这一层，我也不可能同意。我之前已经跟你提过没品哥作为共犯的潜质。他总有办法把事情搞砸。不信你想想刚才。他就算爬个梯子也得摔下去不可。”

“呜啵。”

“还有你这个计划，咱们毫不留情地分析一下。你所谓的妙计是叫没品哥慢悠悠地进屋来，浑身是血，说他对着匪徒的鼻子揍了一拳。假设一切照计划行事。然后呢？嘿，你舅舅和大家一样看得出什么是线索。‘揍在鼻子上？大家都擦亮眼睛，留神谁的鼻子肿了。’他放眼一望，就知道我的鼻头比常人大了一倍。你可别说他心里没主意。”

我结案陈词完毕，自觉论证充分，只等着她一句无可奈何的“好啦，嗯，我懂你的意思了，你说得对”。但她呜啵得更厉害了。我只好望着吉夫斯，但他一直缄口不语。

“我的论点你懂了吧，吉夫斯？”

“一清二楚，少爷。”

“你同不同意我的观点？拟定的这个计划最终会悲剧收场。”

“同意，少爷。其中的确存在某些严重的不足。恕我冒昧，我有一个想法，也许可供考虑。”

我愣住了。“你是说你有门路了？”

“我认为如此，少爷。”

此话一出，史呆的呜啵立即解除。我看世界上没有别的东西能收到这种效果。她坐起身，一脸狐疑。“吉夫斯！是真的吗？”

“是，小姐。”

“啊，你真是有史以来最了不起的毛茸咩咩羊。”

“谢谢小姐。”

“好了，说来听听吧，吉夫斯，”我又点起一支烟，把身子窝进椅子里，“咱们当然希望能成，虽然我个人认为无路可走。”

“我想路是有一条，少爷，只要从心理学角度着手。”

“啊，心理学？”

“是，少爷。”

“个体心理学？”

“正是，少爷。”

“我懂了。吉夫斯呢，”我得对史呆解释一番，她对此人认识浅薄，唯一的印象仅限于上次在我公寓里用午饭时，那个熟练地分土豆的安静身影，“他对个体心理学研究很深，一向是拿来当饭吃的。吉夫斯，你指哪位个体？”

“沃特金·巴塞特爵士，少爷。”

我怀疑地皱起眉头。“你建议我们软化这个人民公敌？我看没门儿，除非用铁拳。”

“不，少爷。软化沃特金爵士并非易事，如少爷所言，冰冻三尺非一日之寒。我的打算是利用爵士对少爷的态度：他对少爷并无好感。”

“彼此彼此。”

“不错，少爷。关键在于，爵士对少爷抱有强烈的偏见，因此，若少爷告诉爵士说自己与宾小姐两心相悦，已订下婚约，并迫不及待步入婚姻的殿堂，如此一来，爵士必然大惊失色。”

“什么？你莫非是叫我去告诉他，我和史呆处到这份儿上了？”

“一点不错，少爷。”

我摇摇头。“我看不出这有什么益处，吉夫斯。当个笑话看还成，我是指看这老糊涂的反应，除此以外没什么实际价值啊。”

史呆好像也大失所望。她的期待值明显更高。“听着挺蠢的，”她说，“这有什么用，吉夫斯？”

“容我解释，小姐。沃特金爵士的反应，正如伍斯特少爷所说，会十分激烈。”

“他要气炸肺的。”

“正是，小姐的描述可谓栩栩如生。之后，再由小姐向爵士澄清伍斯特少爷所言不实，并坦白自己其实已经和品克先生订下婚约，我想如此一来，爵士大喜过望，会欣然嘉许小姐与品克先生的盟誓。”

个人来说，这辈子我还没听过这么愚不可及的计划，我用态度表达了内心想法。但史呆呢，可是全心拥护。她跳起了迎春舞的步子。

“哎呀，吉夫斯，太棒了！”

“我想此计应该会奏效，小姐。”

“当然会，一定的。想象一下，伯弟亲爱的，要是你跟沃特金舅舅说我想嫁给你，他得什么感受？但是，等他听我说‘啊，不是的，别担心，舅舅，我想嫁的人其实是那个擦鞋的小伙子’，他准会把我搂在怀里，答应来婚礼上跳舞。等他发现我的意中人其实是哈罗德这么优秀、这么了不起、这么不可思议的人物，那就轻松过关啦。吉夫斯，你可真是个独一无二的梦幻兔。”

“谢谢小姐，但求大家满意。”

我站起身，打算了结了这一切。我并不介意谁当着我的面胡说八道，但不能是疯言疯语。我转身望着史呆，她此刻迎春舞进行了大半。我简短而严肃地要求：“把小本子还我，史呆。”

她正在柜橱前边撒玫瑰花瓣。她停下了动作。“啊，小本子。你想要？”

“没错，马上要。”

“你见过沃特金舅舅我就还你。”

“哦？”

“对。不是我不信任你，伯弟亲爱的，不过我想着你知道东西在我手里，这样我才高兴些。你也希望我高兴吧。快走吧，去跟他叫板，然后咱们再商量。”

我皱起眉头。“我这就走，”我冷冷地说，“但找他叫板，不行。我看我不像是会找他叫板。”

她愣住了。“伯弟，你这是要撒手不干的意思吗？”

“我就是这个意思。”

“你不会辜负我的吧？”

“我会。我就是要狠狠地辜负你。”

“你不喜欢这个计策？”

“不喜欢。吉夫斯刚才说但求叫咱们满意。他可没叫我满意。我认为他提的这个主意标志了人类愚蠢史上的绝对零度。他居然有这种想法，真叫我吃惊。史呆，那小本子，麻溜的。”

她沉默了一阵子。“我刚才就在想，”她说，“你会不会是这个态度。”

“现在你知道答案了，”我机敏地回答，“我表了态了。那小本子，麻烦啦。”

“我不会给你的。”

“那好。我去找没品哥说清楚。”

“好哇。尽管去。不过你还没找到他，我就已经到了书房，跟我舅舅如实交代了。”

她抬抬下巴，好像自觉将了我一军。我仔细想了想，不得不承认她的确是把我这么着了。我完全没有料想到这一可能，她倒叫我踌躇起来。我能想到的反唇相讥也就是略带不解的一声“呃？”也不必费神掩盖事实了——伯特伦陷入了窘境。

“就是这么个情况。怎么样？”

作为占主导地位的男性，一下子要改变姿态，沦落于叫人面上无光的恳求，这永远不是什么愉快经历，可惜我别无选择。我原本坚定洪亮的声调变成了令人动容的颤音。

“可是史呆，见鬼，你是不会的吧？”

“我就会，除非你去哄好沃特金舅舅。”

“我怎么去哄好他？史呆，你不能逼我去完成这件苦差啊。”

“我能。这有什么苦的？他又不会吃了你。”

这我倒承认。“是。不过也只有这么点可取之处而已。”

“总不比去看牙医糟糕吧。”

“比去看六乘以六个牙医还糟。”

“嗯，等事情了了你就轻松了。”

我从中并没有获得多少安慰。我仔细观察她，希望能查探出一些软化的迹象。根本没有。她之前就坚韧如餐馆的牛排，现在依然坚韧如餐馆的牛排。吉卜林说得不错，最什么那什么心。没辙啊。

我最后又奋力一搏。“你坚持立场不变？”

“一步也不动摇。”

“就算——抱歉提这事——我那次请你在公寓里美餐了一

顿，毫不吝啬？”

“不错。”

我耸耸肩膀，像罗马角斗士——就是把床单罩在人家头上的那位——候场的时候听到催场员叫到自己的号码。“那好吧。”我说。

她冲我露出慈母般的微笑。“就得这副精神，我勇敢的小家伙。”

要不是心事重重，我大概要反感她叫我勇敢的小家伙，但是现在前景暗淡，我无暇顾及。“你那可恶的舅舅在哪儿？”

“他这会儿准在书房。”

“好，那我去找他了。”

不知道诸位小时候有没有听过这个故事：有位老兄养了一只狗，有一回把主人珍贵的手稿给吃了。这家伙气坏了，但也只是痛苦地瞧了那畜生一眼说：“啊，戴蒙啊戴蒙，你（可能是汝）不知道（可能是焉知）你（或者汝）做了什么好事（或者之不逊）[1]。”我那时还小，但却一直念念不忘。之所以现在提起，是因为我走出房间时看着吉夫斯就是这副表情。我虽然没说出来，但我猜他心知肚明。

我真心希望跨过门槛的那一刻史呆没有吆喝一声“哟吼！咦呵！”。依我看来，此情此景不免显得轻浮浅薄、品位可疑。

1 传说为牛顿与爱犬戴蒙（“钻石”）的故事。戴蒙碰倒蜡烛，将牛顿20年间的实验手稿尽数烧毁。

第九章

最了解伯特伦·伍斯特的诸位纷纷说过，他天性坚忍不拔，因此一般总能在最不利的条件中，踩着死去的自己作为垫脚石站起来。我很少垂头丧气双眼无神。但是，在肩负苦差走向书房的畏途上，我得大方承认，生活终于叫我不堪重负。我的双腿宛如俗话说的灌了铅。

史呆刚才谨慎地把这场会面比作看牙医，到了旅程的尽头，我却觉得更像学生时代去校长室赴校长之约。诸位还记得吧，之前我讲过半夜里偷偷潜入奥布里·厄普约翰牧师的老窝寻找饼干，结果意外发现自己和这位老先生来了一次亲密接触：我穿着防缩水的条纹睡衣，他则是一身粗花呢配一脸鄙视。那次我们道别前，约定第二天下午四点半同一地点再见。我此刻的感想同那个遥远的午后几乎如出一辙：我敲了敲门，听到一个勉强可称作人性的声音叫我请进。

两者唯一的不同在于，奥布里牧师是独自一人，但沃特金·巴塞特爵士似乎在招待客人。

我的指节在木板门上徘徊时，似乎听到了嘈杂的人语，等我进了门，就知道耳朵诚不欺我。只见巴塞特老爹端坐在书桌后，尤斯塔斯·奥茨警官正站在他身边。我本来就心有怯懦，见到这一幕，这种痛苦终于上升到了无以复加的程度。不知道诸位有没有被揪到法庭上的经历，有的话就一定会同意，这种经历会是不可磨灭的回忆，以至于日后突然见到坐着的裁判官和站着的警察，顿时有点大惊失色，英勇气概锐减。

巴塞特老爹那凌厉的眼风并没有稳住我紊乱的脉搏。

“有事吗，伍斯特先生？”

“哦，呃，有空吗？我有话想跟你说。”

“有话跟我说？”看得出，沃特金·巴塞特爵士心中两种情绪正激烈交锋。一方面他强烈反对其圣所挤满伍斯特，另一方面他又不得不尽地主之谊。一番进退两难之后，后者略略领先。“嗯，好，那么……要是你真……嗯，当然啦，请坐。”

我依言坐下，顿觉舒服多了。在被告席上呢，是得站着的。老巴塞特迅速瞥了我一眼，确保我没把地毯偷走，又回头对着奥茨警官。“好了，再就没事了，奥茨。”

“是，沃特金爵四。”

“我吩咐的你都明白了？”

“明白，爵四。”

“至于另一件事，我会密切留意，你的猜测我也会记在心里。一定要彻查此事。”

这热心的公职人员拖着笨拙的步子走了。老巴塞特摆弄了一阵书桌上的文件，然后斜眼瞧着我。“刚才这位是奥茨警官，伍斯特先生。”

“是。”

“你也认识？”

“见过。”

“什么时候？”

“今天下午。”

“之后就没有了？”

“没有。”

“你确定？”

“嗯，很确定。”

他又摆弄了一阵文件，然后转了一个话题。“晚饭后你没有留在客厅里，我们都很失望，伍斯特先生。”

我自然有点尴尬。心思敏感的人总不好意思告诉主人家自己一直像躲麻风病人一样躲着他。

“你叫我们好生惦记。”

“哦，我有吗？对不住啦。我有点头疼，就回房躺下了。”

“这样啊。你一直在房间里？”

“对。”

“其间也没有出去散散步，呼吸呼吸新鲜空气，缓解一下头疼？”

“啊，没有。一直躺着。”

“这样啊。奇怪了。小女玛德琳说，晚饭后她去了你的卧室两次，但屋里都没人。”

“啊，真的？我不在？”

“你不在。”

“想必我是在别的地方吧。”

“我也这么想。”

“想起来了。我的确出去转了两次。”

“这样啊。”

他拿起一支笔，身子前倾，用笔轻轻敲着左手食指。“今天晚上奥茨警官的警盔被偷走了。”他换了个话题。

“啊，是啊。”

“是。不幸他没看到歹徒是谁。”

“没有？”

“没有。罪行发生的时候，他正好是背对着的。”

“自然，背对着是很难看到歹徒是谁。”

“是啊。”

“是啊。”

一阵沉默。虽然我们好像在每一点上都取得了一致意见，但我还是觉得气氛有些紧张，于是我决定活跃一下气氛，讲了一个in statu pupillari[1]时代的笑话。

“叫人不由得想说Quis custodiet ipsos custodes，是吧？”

“你说什么？”

“拉丁语笑话，”我叹道，“Quis——谁人，custodiet——保护，ipsos custodies——保护者本人，挺好玩的吧？”我力求叫智商不高的人也听明白，“这老兄应该阻止某些老兄偷其他老兄的东西，结果自己的东西却被某个老兄偷了。”

“啊，你的意思我懂了。不错，可以理解，某种心智的人会认为其中有幽默的一面。但我向你保证，伍斯特先生，我身为治安法官，却不能赞同这种观点。我认为事态极其严重，而一旦罪犯落网服法，我会竭尽全力纠正他的看法。”

1 拉丁语，意为受监护人的身份。

听上去大大不妙。我惦记着老没品哥的安危，悚然一惊。“我说，依你看他会怎么判？”

“伍斯特先生，我很佩服你渴求知识的精神，但是目前来讲我还不便透露。借用已故的阿斯奎斯首相阁下的一句话，我只能说‘等着瞧’。不过我想用不了多久，你的好奇心就会得到满足。”

我不喜欢翻旧账，向来主张叫已逝的过去安静地埋葬在旧时光里，不过我觉得不如给他一点提示。“你当时罚了我五镑。”我提醒道。

“今天下午你也是这么跟我说的。”他冷冷地对我施以夹鼻眼镜待遇，“不过，对于你被带上勃舍街法庭的案件，如果我理解得不错，你犯案时正值牛津对剑桥大学年度赛艇当天夜里，对此当局向来会予以一定程度的从宽处理。但是在本案中却不存在可以法外开恩的情况。对于肆意从奥茨警官本人手中偷盗政府财产，当然不可能罚款了事。”

“你的意思是得进拘留所？”

“我刚才说不便透露，但既然话已经说到这里，那索性告诉你吧。伍斯特先生，对于你的问题，答案是肯定的。”

一时都没有话说。他用笔敲打手指，而我呢，如果记得不错，在整理领结。我感到深深的担忧。想到可怜的老没品哥要被“咣啷”一声锁进巴士底狱，关心他前途命运的人都会心生不安。助理牧师要想获得职业晋升，最要不得的就是在号子里蹲个把年月了。

他放下笔。“好了，伍斯特先生，我想你该说明来意了吧？”

我愣了一下。当然我没有忘记肩负的重任，但由于局势这样风雨飘摇，我把这事给扔在了脑后，现在它冷不丁冒出来，叫我有点措手不及。

我认为，在深入重点之前，需要进行一番铺垫性的“不和八儿类”[1]。如果某甲与某乙关系紧张，那某乙总不能开门见山地向某甲宣布要娶他的外甥女嘛。嗯，如果某乙很懂得察言观色的话，像咱们伍斯特。

“啊哦，对。多谢提醒。”

“不必。”

“我就是想过来聊聊。”

“这样啊。”

当然，现在需要的是一个楔子，我觉得有思路了。我摆出胸有成竹的姿态。“沃特金爵士，你可有想过爱情？”

“什么？”

“爱情。你有没有思考过这个问题？”

“你来就是为了讨论爱情？”

“是啊，一点不错。不知道你有没有想过爱情的奇妙之处——它无处不在，谁也躲不掉。我是指爱情。不管走到哪儿都能见到，不分生命的形态。多不可思议啊。就拿水螈来说吧。”

“伍斯特先生，你还好吧？”

“嗯，好啊，多谢。就说水螈吧。你大概不相信，不过果丝·粉克-诺透告诉我说，水螈到了繁殖季节也蠢蠢欲动，它们按时排好，对着本地佳人摇尾巴。海星也是。还有深海蠕虫。”

1　法语：pourparlers，意为谈判。

“伍斯特先生——”

“果丝还说，就连带状海藻也是。你是不是很惊讶？反正我是。不过他跟我保证没错。要说一条带状海藻大献殷勤能有什么好处，我是说不上来，反正满月的时候，人家就听到了爱情的呼唤，赶紧忙活起来，不输给任何人。我想它是希望能给其他的带状海藻作个好榜样吧，当然，其他带状海藻也同样受着满月的影响。呃，话说回来，我想说的是，现在月亮正圆，既然海藻都不免受影响，要是我受到了这召唤，实在不能怪我，是吧？”

“恐怕我……”

“你说，是吧？”我又问了一遍，坚决要一个答复。此外我还添了一句“嗯，啊”加重语气。可惜他眼中却没有相应地放出智慧的光芒。他刚才就像是听不懂弦外之意，现在好像还是听不懂弦外之音。

“伍斯特先生，恕我愚钝，你这番话叫我完全摸不着头脑。”

叫他干瞪眼的时机来临了。我很高兴地发现，最初心里七上八下的那种感觉已经消失了。虽然严格来说我算不上不疾不徐，可以挥指掸去华美的蕾丝袖口上的灰尘吧，至少我是气定神闲。而我之所以平静下来，是因为意识到再有一眨眼的工夫，我就要向这个老家伙扔一管炸药，叫他晓得咱们生而为人不是单纯为了享乐。这个裁判官平白收了你五镑，仔细研究起来，不过是为了小孩子一时淘气；其实只要晃晃食指、一句“啧啧”就能了事。因此呢，能叫他一蹦三尺高，像热铲上的豌豆，总不失为一件乐事。

“我说的是我和史呆。”

“史呆？”

“史黛芬妮。”

“史黛芬妮？我外甥女？”

“对，你外甥女。沃特金爵士，”我突然想起一句应景的伶俐话，“鄙人三生有幸，请世叔将贵外甥女许配给鄙人。”

“你，什么？”

“请世叔将贵外甥女许配给鄙人。”

“我没听懂。”

“很简单的，我想娶小史呆，她也想嫁给我。这下总明白了吧？想想带状海藻嘛。”

这下物有所值，不在话下。刚才听到“外甥女许配”，他一下从椅子上弹起来，像野雉上树。这会儿他瘫倒在椅子里，拿笔扇凉风。他好像突然老了好几岁。

“她想嫁给你？”

“就是。”

“我还以为你不认识我外甥女。”

“哎，可不认识。我们两个呢，可以说是一起‘采菊山脚下’[1]啊。对，我很认识史呆。呃，我是说，要是不认识，我也不会想娶她了，是吧？”

他好像明白这话说得公道，一阵沉默不语，只发出微弱的呻吟。我又想起一句伶俐话：“世叔不是失去外甥女，而是多了个外甥。”

“我才不想要什么外甥呢，见鬼！”

嗯，这个可能倒也是有的。

1　出自苏格兰诗人彭斯（1759—1796）著名的《友谊地久天长》（*Auld Lang Syne*，1788）。

他站起身，叨咕着“天哪天哪”之类的，走到壁炉前，有气无力地按下铃，然后又坐回椅子上，以手加额，一直等到管家飘进来。“白脱菲尔德，”他哑着嗓子说，“去叫史黛芬妮小姐，说我有事找她。”

然后是一阵冷场，不过并没有想象的那么久。才不过一分钟左右，史呆就现身了。我猜她一直潜伏在侧，只等着传唤。她迈着轻快的步子，一脸阳光灿烂。

“你有事叫我，舅舅？啊，嗨，伯弟。”

“嗨。”

“你也在呀。你和沃特金舅舅聊得还愉快吧？”

老巴塞特本来已经进入昏迷状态，这下突然醒来，喉咙里“喀喀”作响，像濒死的鸭子。“愉快，”他说，“不是我心中想的措辞。”他舔了舔苍白的嘴唇，“伍斯特先生刚刚告诉我说想娶你。”

不得不说，小史呆演技惊人。她怔怔地看着他，又怔怔地看着我，然后合起双手，我觉得她脸还红了一下。

“哎呀，伯弟！”

老巴塞特把笔弄折了。我刚才就想这是迟早的。

“啊，伯弟！我好荣幸。”

“荣幸？”老巴塞特的声音里透着不可置信，“你说荣幸？”

“啊，这是男士对女士最高的赞誉了，是吧。那些贤人都是这样说的。承蒙错爱、感激不尽，还有……呃，就是那类话呗。可是伯弟亲爱的，真对不住，只怕我做不到。”

我一直觉得，世界上能把人从鬼门关拉回来的莫过于吉夫斯早上调制的饮品，不过这番话对老巴塞特的作用从速度和强度上都略胜一筹。他刚才一直柔似无骨地瘫在椅子里，此生无望的样子。这会儿他突然挺直了身子，双眼放光，嘴唇颤抖，可以说是看到了希望的曙光。

“做不到？你难道不想嫁给他？”

“不想。”

“他说你愿意。”

“他脑子里想的八成是别的几位吧。不，伯弟亲爱的，不行。你瞧，我已经心有所属。”

老巴塞特吃了一惊。“嗯？谁？”

“他是世界上最了不起的人。”

“想必他有名有姓吧？”

“哈罗德·品克。”

“哈罗德·品克？品克……我只认得一个姓品克的，是……”

“助理牧师。没错，就是他。”

“你爱的是助理牧师？”

“啊！”史呆眼珠一转，很像达丽姑妈在宣讲勒索之益处，“我们几个星期前已经秘密订婚了。”

从老巴塞特的态度看，他并不打算把这条消息当作天大的喜讯。他双眉紧锁，好像饭店里的客人吃到第十二只生蚝，突然发现入口的第一只不对味。我此时发现，史呆果然深谙人性——如果老巴赛特也有的话——她指出，必得下大功夫哄住此人，然后再宣布消息。看得出，他和天底下绝大多数的父母、舅舅一样，认为助理牧师可不是抛洒玫瑰花瓣的好对象。

“舅舅，你不是有牧师推荐权吗？我和哈罗德想，你不如推荐他，这样我们就能马上结婚了。你瞧，他除了收入增加，还方便以后的发展。眼下哈罗德受雇于人，他是助理牧师，没有发挥的空间。但等他有了牧师的待遇，就等着他一鸣惊人吧。这孩子前途不可限量，就等着撸起袖子大展拳脚了。”

她自下而上抖擞自来，尽显女孩家的狂热。可惜老巴塞特身上却看不出女孩家的狂热。呃，这自然是不可能的，我只是想说没有。

“荒谬！”

“怎么了？”

“我做梦也不会——”

“为什么？”

“第一，你年纪还小——”

“乱说。我三个女同学去年就结婚了。和如今走上圣坛的那些蹒跚学步的小姑娘相比，我都算是长辈了。”

老巴塞特一拍书桌——我满意地看到，他刚巧砸在尖头朝上的工字针上；肉痛之下，他的语气更激动了。“这桩事根本是无稽之谈，门都没有，我一刻都不会考虑。”

“你看哈罗德不顺眼？”

“我看他没有一点——用你说的话——不顺眼。他尽职尽责，也很受教众爱戴——”

“他是个小羊羔。”

“毫无疑问。”

“他还进过国家橄榄球队。”

“看着也像。”

“而且他网球打得特别棒。”

“我没有异议。但是这些都不能构成他娶我外甥女的理由。除了薪俸，他还有什么收入？”

“大概每年五百镑。”

“咄！”

“这个，我瞧着也不差啊。依我看，五百镑也算蛮好了。再说，钱根本不重要。”

“相当重要。”

“你真的这么想？”

“当然。你得从实际考虑。”

“那好啦。要是你希望我为钱结婚，那我就为钱结婚。伯弟，请好吧。准备量裤子预备婚礼。”

她这话一出口，可谓街头巷尾一片哗然。老巴塞特那句“什么”和我这句“嘿，我说，见鬼”接踵而至，在半空中撞个满怀；我那撕心裂肺的呐喊似乎比他的还要强劲有力。我是真的心惊胆战。根据经验，我知道女士们从来说不准，我感到她说不定真会坚持履行这个可怕的诺言，只为了表姿态。我对表姿态再熟悉不过了，刚过去的这个夏天，布林克利庄园里比比皆是。

“伯弟钱多得数不完，而且你也说过，叫伍斯特几百万的家产损失一点也算不得大不了的坏事。当然了，伯弟宝贝，我嫁给你只是为了让你幸福。我永远不会像爱哈罗德那样爱你。不过，既然沃特金舅舅这么瞧不起他……”

老巴塞特又砸在工字钉上，但这次好像没留意。“好孩子，别胡说八道。你想错了，彻底误解我了。我没有瞧不起品克这个年轻人。我很喜欢他，看重他。要是你真心觉得嫁他为妻才会幸福，我绝对不会从中作梗。随你的意，嫁给他吧。这另一个选择……”

他没再说下去，只是久久地、哆哆嗦嗦地看着我。也许是体力不支，再也无法承受我的面孔，他转移了目光，但又转移回来，这次是迅速地瞟了一眼。之后他便合上双眼，靠在椅背上，呼呼喘气。我看着好像这里再没自己什么事，于是搭讪着出了门。我最后看到，他正不怎么起劲地听任外甥女拥抱。

我看有沃特金·巴塞特爵士这么个舅舅作为拥抱对象，做外甥女的总得速战速决。不出一分钟，史呆就走出书房，并立刻翩翩起舞。

“好人啊！好人啊！好人啊！好人啊！好人啊！”她手舞足蹈，作出各种“彼焉乃忒”的表示。“吉夫斯，”她加了句注解，仿佛怕我误会话中指的是这个巴塞特，“他是不是说会奏效？是。他说得对不对？对。伯弟，我能吻吻吉夫斯吗？”

“当然不能。”

“那吻你行吗？”

“不必，谢了。小史呆，我要的就是你交出那个小本子。”

“唔，我一定得把这个吻送出去，总不能送给尤斯塔斯·奥茨吧。”

她突然不说话了，脸盘上严肃起来。“尤斯塔斯·奥茨！”她沉吟地又念了一遍，“这才想起来，忙来忙去倒把他给忘了。刚才我在楼梯那儿等着气球爆炸，跟尤斯塔斯·奥茨聊了两句。他不安好心真是了得。”

“小本子在哪儿？”

“别管小本子了。咱们讨论的话题是尤斯塔斯·奥茨和他的不安好心。他为着警盔怀疑到我头上来了。”

“什么？”

“可不是。我是头号嫌犯。他说自己读过大量的侦探小说，说大侦探首要考虑的是动机，其次是机会，最后是线索。嗯，他指出，由于他对巴塞洛缪下手专横使得我怀恨在心，这样我就有了动机。案发时我又不在屋里，因此也有机会。至于线索，我见到他的时候，你猜他手里拿着什么？就是我那只手套！他在罪案现场捡到的——想必他是在丈量脚印、寻找烟灰什么的吧。你记得吧，哈罗德把手套送回来的时候只有一只。另一只一定是偷警盔的时候掉了。”

我思索着哈罗德·品克蠢脑瓜的最新作品，一种受伤的钝痛将我包围，仿佛一只有力的大手“砰”一声在我天灵盖上撂了一只酒杯。他可谓有种可怕的本事，总能想出新法子毁人不倦。

“想也是！”

“什么意思，想也是？”

“呃，他不是做了吗？”

“那是两码事，说什么‘想也是’，而且还用高人一等的嘲讽语气，好像你多了不起似的。我真搞不懂，伯弟，你干吗老是批评可怜的哈罗德。我还以为你很看好他呢。”

“我是和他亲如兄弟，但这也不足以叫我改变看法：在所有向希未人耶布斯人布道的葫芦脑瓜里，他排第一。”

“他再怎么样也不如你一半的葫芦脑瓜。”

“他呢，保守估计，葫芦脑瓜比我高出二十六倍。我是望尘莫及。这话可能说得厉害些，不过他可比果丝还葫芦脑瓜。”

她勉强压下熊熊的怒火。“好了，先别管了。重点是尤斯塔斯·奥茨怀疑到了我头上，我得麻利点，找个更安全的地方藏好警盔，不能搁在我的五斗橱里了。说不好什么时候这个格别乌[1]就要搜我的卧室。你看藏哪儿比较好？”

我不耐烦地打发了她。“嘿，该死，用用你自己的判断力嘛。快回来说正题，小本子在哪儿？”

“哎，伯弟，你张口闭口小本子，烦不烦？能不能说点别的？”

“不能。在哪儿？”

“你听了准要笑的。”

我严厉地看了她一眼。“有朝一日我可能还会笑，那得等我从这人间地狱逃得远远的。但眼下为时过早，我笑的机会很渺茫。那小本子在哪儿？”

“哎，那就告诉你吧，我藏在奶牛盅里了。”

我猜大家都在小说里读过这样一句话：只觉眼前突然一黑，天旋地转。我听到这句话，顿觉眼前的史呆突然一黑，天旋地转，好像我面前站着一个摇曳闪烁的黑人姑娘。

“你——什么？”

“我藏在奶牛盅里了。”

“你干吗要藏那儿？”

“啊，想到就做了呗。”

“那我怎么拿出来？”

这小脓包那灵活的嘴唇弯起一抹笑纹。“嘿，该死，用用你自己的判断力嘛。”她回敬，“好了，回见，伯弟。”

1　苏俄秘密警察组织。

她走了。我软软地靠着楼梯扶手，努力想从这打击中振作起来。但世界还是一团闪烁，不一会儿，我发觉一个摇曳闪烁的管家正跟我说话。

“打扰了，先生。玛德琳小姐吩咐我转告先生，先生若能抽空去见她，她将不胜感激。”

我呆望着他，好像囚室里的犯人看到狱警在黎明时分进来通知说行刑队已经准备就绪。我当然懂得其中玄机。我知道管家的声音意味着什么——末日来临了。玛德琳·巴塞特要是不胜感激我能抽空去见她，只可能有一个目的。

“哦，是吗？”

“是，先生。”

“巴塞特小姐在哪儿？”

“在客厅，先生。”

“好啦。”

我拿出伍斯特的不屈不挠给自己打气。抬头、挺胸、收肩。

“带路吧。”我吩咐道。管家领命带路。

第十章

我走近客厅，听到里面正传出温柔伤感的音乐声，但这丝毫没有改变惨淡的前景。我走进门，看见玛德琳·巴塞特正坐在钢琴前，颈上的脑袋蔫蔫地垂着。一见这阵仗，我差点要转身逃跑，但还是压下这股冲动，试探地发表了一句“哟噢”。

这句言论没有立刻引发回应。她站起身，约半分钟的时间里，只幽幽地看着我，像蒙娜丽莎某天早上感到天下之哀愁一股脑涌进门，有些应接不暇。我正琢磨着要不要临时补缺地聊几句天气，她开口了。“伯弟——”

可惜只是昙花一现。她吹灯熄火，又是一阵默默无语。

“伯弟——”

还是没戏。再告失败。

我也不觉紧张起来。夏天在布林克利庄园的时候，我们也进行过一场类似的“聋哑”默剧，不过那次我加入了一点动作戏，从而缓解了对话搁浅时的尴尬。诸位也许记得——或者不记得也不打紧，我们上次聊天发生的地点是布林克利餐厅，在场的有一桌冷盘，可以说派上了大用场，可以时不时地贡献个咖喱蛋或者奶酪酥条。现在缺了食材碍了不少事，我们只有大眼瞪小眼，这总不免叫人尴尬。

她双唇轻启。看得出，有内容要浮出水面。几下吞咽动作，她的开场白不错。“伯弟，我想见你……我请你来是想对你说……我想告诉你……伯弟，我和奥古斯都的婚约到此为止了。”

“是。”

“你知道了？”

“可不。他告诉我了。”

“那你该知道我叫你来的目的。我想说——”

“是。”

“我愿意——”

“是。”

“给你幸福。”

她好像扁桃体炎复发，一时又说不出话来。不过几下吞咽动作之后，她终于把话说完整。“我会嫁你为妻，伯弟。”

想必大多数人会觉得大势已去，何必再挣扎，但我还是奋力一搏。事关生死，要是放过了一点蛛丝马迹，那定然要后悔自己做了呆子。

“你真有心了，”我彬彬有礼地回答，“鄙人三生有幸，什么的。可是你想过没有？考虑过没有？你难道不觉得这对可怜的果丝有点残忍吗？”

“什么？就算发生了今天晚上那件事？”

“啊，我正想和你说这件事呢。我总觉得——不知道你同不同意，发生这种情况，在采取严厉措施之前，应该先请教一下经验老到通晓世事之人，了解内幕，免得事后绞着双手叹：‘哎，我当初怎么不知道！’依我看，这件事应该经过复审，商讨个清楚。别嫌我啰唆，我认为你误会果丝了。”

“误会他？我亲眼看到他……”

“啊，是你出发的角度不对。听我跟你解释。”

“没什么可解释的。咱们以后别再提它了。伯弟，我已经把奥古斯都从生命力中彻底抹去了。从前我被爱情的金色雾霭蒙蔽了双眼，误以为他十全十美。今天晚上他露出了真面目——登徒子[1]。”

“我就是这个意思，你错就错在这儿。听着——”

“咱们以后别再提他。”

“可是……”

“求你了！”

我关上嘴巴。那套“独共普琅德何，系独八合道内噫”的玩意儿根本没法进行，人家听都不听。

她侧过头，无疑是不想叫人看见悄悄滑落的泪珠儿。之后是一阵短暂的沉默，她拿出手帕抹眼睛，我非礼勿视，把脸埋进钢琴上摆放的百香花碗中。

不一会儿，她又开始广播了。“没用的，伯弟。我自然明白你这番话的用意。你就是这么体贴、这么无私，为了帮朋友总是在所不计，宁愿牺牲自己的幸福。不过我已经决定了，不管你说什么我都不会改变。我和奥古斯都结束了。从今天晚上起，他将成为我的一段回忆，这段回忆会随着年久日深、随着你我感情渐浓而越来越淡薄。你会帮我忘却。有你在身边，我终有一日会摆脱奥古斯都的魔咒……好了，我最好去告诉爸爸。”

1 表示好色之徒。

我呆住了。我还记得清清楚楚巴塞特老爹以为摊上我做外甥时的表情。我觉得，他回想起自己千钧一发、险象环生，灵魂深处一定还在簌簌发抖，现在让他知道我要做他家姑爷，实在有些过分。虽然我不喜欢巴塞特老爹，但这是出于仁人之道的本能。

"哎，我的姑奶奶！"我喊道，"别去！"

"我自然得去。怎么也该叫他知道我要嫁你为妻啊，不然他还以为三个星期以后我要嫁给奥古斯都呢。"

我反复咀嚼一番。我当然明白她的意思。这种事还是得跟当父亲的通个气，总不能放任不管，叫这可怜的老先生戴着大礼帽别着襟花走进教堂，这才发现婚礼已经取消，只是谁都懒得告诉他一声。

"哦，那今天晚上先别去。"我恳请道，"让他先消消气。他已经受了不小的刺激。"

"刺激？"

"是，他情绪不太好。"

她眼中闪出担忧的神色，眼珠因此凸出了一点。"看来我猜测得没错。刚才看他从书房走出来，我就觉得有点异样。他不住地擦额头，还发出气喘吁吁的奇怪动静。我问他是不是有事，他只说人人都有十字架要背负，还说没什么可抱怨的，因为其实并没有想象的糟糕。我真想不通他是什么意思。他最后说要去泡个热水浴，吃三片阿司匹林上床休息。怎么了？出什么事了？"

我认为情况错综复杂，从头说起怕要再生枝节，于是只提了其中一方面。"史呆说要嫁给助理牧师。"

"史黛芬妮？助理牧师？品克先生？"

"不错。老没品哥·品克。所以爵士他才心神不定。他对助理牧师好像有点过敏。”

她激动得呼吸起伏不定，好像巴塞洛缪吃完蜡烛头的样子。“可……可……”

“嗯？”

“可史黛芬妮爱品克先生吗？”

“哦，可不。毫无疑问。”

“那——”

我知道她在想什么，于是先下手为强。“那她和果丝之间就不会有什么了，你是不是想说这个？一点不错。这就是证明，是吧？我刚才从头到尾想说的就是这事。”

“可他……”

“是，我知道，但果丝的动机如同冰雪般纯洁，可能还要更纯洁。我这就一五一十地说给你听，而且我愿意押一赔十，你听完之后一定同意，他更值得同情，而不是指责。”

伯特伦·伍斯特手里要是有个条理清晰的好故事，准能讲得绘声绘色。我开门见山，先讲果丝如何得知要在喜宴上致辞从而吓得魂飞魄散，又分条列项地讲明后续发展，可以说晓畅明达，不在话下。等我讲到最后一章，她眼神有点凌乱，不过绝对是在信与不信之间。

“你是说，史黛芬妮把这个小本子藏在爸爸的奶牛盅里了？”

“不折不扣就在奶牛盅里。”

“这么不可思议的事我还是头一回听说。”

“的确匪夷所思，不过还是很可置信的，是不是？咱们只需要考虑一下个体心理学。也许你会说，像史呆这种心理是给钱也不要，不过摆明了是她的没错。”

"伯弟，你保证这不是你编出来的？"

"我干吗要编？"

"我明白你舍己为人的性格。"

"啊，我懂你的意思了。不是，这是堂堂正正的事实。难道你还不信？"

"要是我在你说的地方找到史黛芬妮藏的小本子，那我才信。我想我最好去瞧瞧。"

"换我也是。"

"我这就去。"

"那好。"

她匆匆去了，我在钢琴前坐下，单指弹奏《幸福的日子再次来临》[1]；想来想去只有这个方式能抒发情感。我其实更希望吞一两只咖喱蛋下肚，因为经此一役有些疲累，可惜刚才也说过，眼前没有咖喱蛋。

我深深地为之振奋，感觉自己是个马拉松选手，经历了几个小时的汗流浃背终于冲线了。我的振奋多少有点美中不足，因为我隐隐觉得，这个受了诅咒的庄园说不准什么时候就要闹点意外，毁掉大团圆结局。我莫名觉得，托特利庄园不像会这么轻易认输的。我感到，它肯定还留着一手。

这预感果然不错。几分钟后，玛德琳·巴塞特回来了，但手里却不见什么小本子。她说在所谓的藏匿点根本连个小本子的影子都遍寻不着。从她话中可知，她已经成为小本子存在说的怀疑论者。

---

1 "Happy Days Are Here Again"，1929年的流行歌曲，出现在电影《追逐彩虹》（*Chasing Rainbows*，1930）片尾，后因用于罗斯福1932年的总统竞选而知名。

不知道诸位看官有没有被兜头浇过一盆冷水。儿时我曾经历过一次，其施动者是一位马夫，起因是我和他意见相左。此刻，这种冷不丁被暗算的感觉再次袭来。

我心下茫然，迷惑不已。奥茨警官说过，有点见识的在遇见可疑动向时首先会查找动机，对于史呆小本子不在奶牛盅里却硬说在的动机，我百思不得其解。这丫头狠狠地扯了我后腿，至于原因——这也正是让人大惑不解的地方——她为何要扯我后腿？

我且猜上一猜。“你确定找过了？”

“非常确定。”

“我是说仔仔细细地。”

“十分仔细。”

“史呆发誓放在那儿了。”

“真的？”

“你说‘真的’是什么意思？”

“不妨直话直说。我不相信有什么小本子。”

“你觉得我说的是谎话？”

“对，没错。”

哎，既然如此，好像也没什么可说的了。我可能说了句“哦”或者类似的话，总之记不清了。要是说了，那也是就此熄火。我徐徐蹭到门边，神思恍惚地跨出门槛，不住沉思。

沉思起来是什么状况，诸位一定清楚：聚精会神、沉浸其中。外界的纷扰被隔在那什么之外。我应该是沿着回卧室的走廊走了一大半，这才冲破意识的隔离，发现这儿已经吵翻了天。我驻足观望、凝神细听。

这场吵嚷中夹杂着“砰砰”声，好像有人在敲东西。我刚想着“哎哟，是个爱听响儿的”，就看清了这爱听响儿的原来是罗德里克·斯波德，而他砰砰敲的乃是果丝的卧室门。我走近时，他正对木板门展开新一轮的敲击。

这一幕立刻镇定了我纷乱的神经系统，我仿佛再世为人。至于原因，且容我道来。

想必人人都有这种体验：被不可抗力搪塞打发之后，突然发现有个出气筒可以发泄一下胸中郁积的情感，那感觉真叫一个神清气爽、心情舒畅。大老板遇事不顺就拿小书记出气。小书记跑去训斥勤杂工。勤杂工对着猫踢两脚泄愤。猫跑到大街上找只小个儿的猫欺负。小猫呢，会面结束后，跑到乡下到处寻老鼠的晦气。

这就是我的写照。被巴塞特老爹、玛德琳·巴塞特、史呆·宾一干人等硬压软骗，又被无情无义的命运紧追不放，我已忍无可忍。想起还有个罗德里克·斯波德供我给点脸色看，顿感快慰。

“斯波德！”我厉声喝道。

他举着拳头，把怒气冲冲的脸转向我。一看清我是谁，他眼中的杀气立刻消失了，换上一副蔫蔫的巴结相。

“我说斯波德，这唱的是哪出？”

“啊，嗨，伍斯特。晚上好。”

我开始发泄胸中郁积的那什么。“别管晚上好不好，”我说，“好家伙，斯波德，太过分了。是可忍孰不可忍，真是逼着人采取点极端措施了。”

“可伍斯特……”

“你把这家里闹得鸡犬不宁，究竟什么意思？我叫你克制一点，不要动不动就横冲直撞，像匹发疯的河马，难道你忘了？我还以为你听完我那番话就乖乖蜷在床上读本好书睡了。没有。你又备足火力暴力殴打我诸位朋友。我得警告你，斯波德，我的耐心不是用之不竭的。”

“可伍斯特，你不明白。”

“我不明白什么了？”

“你不知道，是这个大眼贼粉克-诺透故意挑衅我。”他一脸渴盼的神色，“我要拧断他的脖子。”

“不许你拧断他的脖子。”

“那，就掐得他吱吱叫。”

“也不许你掐得他吱吱叫。”

“可他骂我是自以为是的蠢驴。”

“果丝什么时候说的？”

“他虽然没说，可是写下来了。瞧，在这儿。”

我目瞪口呆地看他从口袋里掏出一个棕色皮面的小本子。

容我再回头说一嘴阿基米德的典故。吉夫斯讲此人如何发现了比重原理，虽然一句带过，却给我留下了深刻的印象，仿佛在我眼前展开了一幅栩栩如生的画卷。我看见他先小心地用脚趾头试探水温……然后伸脚进去……全身没入水中。我和他心神合一，共同完成后续步骤——给丝瓜沐浴球打上肥皂、头上来点洗发水、引吭高歌……

突然间，正当他飙到最高音，却一片寂静。他沉吟不语。隔着蒸腾的水汽，能看见他眼中闪着奇异的光芒。手中的浴球掉了，消失了。他发出胜利的呐喊。“有了！哟吼！比重原理！”

他跃出浴缸，像中了一百万。

这小本子奇迹般的出现，对我产生了一模一样的影响。同样地，先是一惊之下沉吟不语，然后是胜利的呐喊。我向他伸出不可抗拒的手时，眼中无疑也闪着奇异的光芒。“把小本子给我，斯波德！”

“是，我也想给你看看，伍斯特。看了你就明白了。我能发现这东西，”他说，“说来也巧合。我本来想，要是由我来保管沃特金爵士的奶牛盅，他准会安心些。最近这一带盗窃频发，”他匆忙解释，“盗窃频发，而且落地窗着实不安全。于是我就，呃，走到藏品室，把奶牛盅从柜子里拿出来，结果却听见里面有东西晃来晃去，我觉得奇怪，打开一看，居然是个小本子。瞧，”他伸出一根香蕉般的手指，“他这里还有一条是写我吃芦笋的。”

我瞧着斯波德是想跟我一起逐项钻研。他看到我把小册子装进口袋，露出失去亲人般的痛苦。

“你要留着小本子吗，伍斯特？”

“对。”

“我还想拿去给沃特金爵士呢。里面还有很多内容是写他的。”

“咱们不必给沃特金爵士添些无谓的烦恼，斯波德。”

“你说得也许有道理。那我还是继续砸门？”

“当然不行，”我严肃地说，“你的任务就是给我走开。”

“走开？”

“走开。下去吧，斯波德，我要静一静。”

我看他消失在转角，这才奋力敲门。“果丝。”

没人应。

“果丝，快出来。”

“我死也不出去。”

“快出来，笨蛋。我是伍斯特。”

即便如此也没有立即见效。他事后解释说，还以为是斯波德狡猾地模仿我。最终我总算叫他相信门外的确是他的儿时好友，童叟无欺，只听屋里传出拖拽家具的声音，然后门开了，他小心谨慎地探出头来，像雷雨过后蜗牛探出触角。

之后的情感戏就不用我多说了。诸位在电影里肯定见过不少同样的场面，比如美国海军陆战队在千钧一发之际解救了被困的部队。简而言之，他对我满脸崇拜。他似乎以为我与罗德里克·斯波德展开搏斗并打得他落花流水，对此实在不值得费神更正。我将小本子按在他手里，吩咐他拿给玛德琳看，然后就回房了。

吉夫斯正在屋里瞎忙活什么专业事宜。

我本来想，等我再看到他，非得好好叫他吃点苦头，谁叫他害我紧张兮兮地去拜会老巴塞特。但此刻，我对他展开宽和的微笑，而没有施以冷眼。我心说，毕竟他的计划最终水到渠成，而且这时候也不适合展开控诉。威灵顿将军在滑铁卢战役后也没有跑去修理人家。他拍着战士的后背，还请他们喝酒。

“啊哈，吉夫斯！你在啊？”

“是，少爷。”

“那，吉夫斯，你去收拾行李吧。”

“少爷？”

“准备启程回家，咱们明天就走。”

“那么少爷不打算在托特利庄园多盘桓几日了？”

我哈哈一笑，是真心快活的笑。“别净是提些傻问题，吉夫斯。除非万不得已，不然谁会愿意在托特利庄园里多盘桓几日？而且以后这儿也不需要我了。我的任务圆满完成，咱们明天一早就走。所以呢，收拾好行李，咱们就能顺利出发，片刻也不用耽搁。要收拾很久吗？”

“不，少爷，只有两只行李箱。”

他把行李箱从床底下拖出来，打开较大的那只，开始往里面扔衣服什么的，而我就坐在扶手椅里，开始给他讲最新情况。“嘿，吉夫斯，你那个计划的确不赖。”

“如此我十分快慰，少爷。”

“不能说未来的一段日子我不会噩梦连连。至于你给我找了这么个麻烦，我也不做评论。只一句话，计划成功。舅舅的祝福一下蹦出来，像香槟酒瓶的瓶塞，史呆和没品哥通向圣坛围栏的道路再无藩篱阻碍。”

“可谓尽如人意，少爷。沃特金爵士的反应果然如我们所料？”

“还要强烈呢。不知道你见没见过海浪冲击小帆船的情景？”

“没有，少爷。我每次去海滨总适逢风平浪静。”

“哦。反正听说我要做他家的姻亲外甥他就是这副样子。他一言一行就像‘启明星的沉没’。记得吧？帆船航行在严冬的海上，船长把小女儿带在身边陪着他一道远航。”

“是，少爷。她那双眼珠蓝得像亚麻花，两颊像明艳朝霞，胸肌洁白，就像五月里娇蕾初放的山楂。”

“对。嗯，刚才说到，他在打击之下摇摇晃晃，水流无孔不入。等到史呆来了以后告诉他搞错了，promesso sposo[1]其实是老没品哥·品克，他可是如蒙大赦，立刻就准了，简直是忙不迭地。不过呢，我何必浪费时间跟你说这些？次要问题而已。头条新闻在这儿呢，这条消息肯定要惊动总理府。小本子到手啦。”

“果然，少爷？”

“可不嘛。我看见在斯波德手里，就要来了。眼下果丝正在给巴塞特小姐过目，从而洗清自己的罪名。我毫不怀疑，眼下这两位正紧紧地抱在彼此怀里呢。”

“那正是我们求之不得的结局，少爷。”

“说得好，吉夫斯。”

“如此一来，少爷再无烦恼。”

“没有了。我真是长舒了一口气呀，好像终于卸掉肩膀上的重负，真想载歌载舞一番。有了这小本子，我想是再不会生什么事端了。”

“料想如此，少爷。”

“我说，伯弟，”果丝就在这节骨眼缓缓走进门，一副被绞拧机压过的样子，“大事不好。婚礼没戏了。”

1 意大利语，意为未来的夫婿。

第十一章

我愣愣地看着他，手抚前额，脚下打跌。“没戏了？”

“是。”

“你的婚礼？”

“是。”

“你说没戏了？”

“是。”

“什么——没戏了？”

“是。”

不知道换作蒙娜丽莎会怎么办。大概和我一样。“吉夫斯，”我说，“白兰地！”

“遵命，少爷。”

他去日行一善了，我转身望着果丝，他呆呆地环顾房间，目光飘忽无所，好像只是借此消磨时间，马上就要着手从头发里拔稻草。

“受不了！”只听他咕哝着，“没有玛德琳的日子根本不值得活。”

这种态度实在叫人瞠目结舌，不过品位这事本就难说，所谓甲之蜜糖乙之砒霜，反之亦然。我记得就连阿加莎姑妈甚至也激发了已故的斯潘塞·葛莱森的熊熊爱意。

他的目光飘忽到床上，我发现他正盯着绑了一半的床单。

“我看呢，”他仿佛心不在焉地自言自语道，“可以拿这个上吊。”

我打定主意，得立刻阻止他这么胡思乱想下去。我这间卧室被各路人马当成集会的场所，这我也差不多习惯了，但要是变成刻舟求剑的地儿，那我可该死了。这一点上我决不通融。

“不许你在这儿上吊。”

“我总得找个地儿上吊啊。”

“那，反正不许在我的卧室上吊。”

他扬起眉毛。“你反不反对我坐在你的扶手椅上？”

“请便。”

“谢了。”

他坐下后开始呆滞地瞪视前方。

“好了，果丝，”我说，“坦白交代吧。这婚礼没戏了闹的是哪一出？”

“就是没戏了。”

“你没给她看小本子吗？”

“看了。我给她看小本子了。”

“她读了内容没有？”

“有。”

“那，她‘独共普琅德何’没有？”

“有。”

“并且‘系独八合道内噫’没有？”

“有。”

“那你肯定是理解错啦。婚礼不会没戏的。”

“就会，都跟你说了。难不成你以为我连婚礼有戏没戏都分不清吗？沃特金爵士亲口说不准。”

这个角度我倒是没考虑到。“为什么？你们吵架还是怎么了？”

“是。因为水螈，他不赞成我把水螈养在浴缸里。”

“你把水螈养在浴缸里了？”

“是。”

我像精明的盘问律师，立刻抓住重点。“为什么？”

他手抖了一抖，好像要抓稻草。“我把玻璃箱打碎了。我卧室里的玻璃箱。装水螈的玻璃箱。我把卧室里的玻璃箱打碎了，除了浴缸没有地方给水螈住。洗脸池不够大，水螈需要活动的空间。所以我就放在浴缸里了。因为我把玻璃箱打破了。我卧室里的玻璃箱。装水螈的……”

我看出如此下去他大概会说到地老天荒，于是拿起壁炉架上的瓷花瓶重重一拍，叫他肃静。“我懂了，”我把碎片扫到壁炉里，“继续。巴塞特老爹是怎么掺和进来的？”

“他正好去泡热水澡。我根本没想到这么晚了还会有人去泡热水澡。我当时正在客厅里，只听他嚷：‘玛德琳，该死的粉克-诺透在我的浴缸里装满了蝌蚪！’我怕是一时昏了头，就大喊：‘天啊，你这个老蠢驴，小心我那些水螈，不许你碰。我正在进行一项重要实验。’”

“这样啊。然后……”

“我跑过去告诉他，我正在观察满月会不会影响水螈的求偶方式。他的表情突然变得很奇怪，还有点哆嗦，然后他说已经把塞子拔掉了，我的水螈都进了下水道。”

我看他说到这里很想扑到床上，脸冲墙蜷起来，但是我拦住了。我坚决不能让他跑题。

“于是你怎么做的？”

“我就狠批了他一顿，把能想到的骂人话都说了一遍，甚至有些话我都不知道自己知道，好像直接从潜意识里冒出来的。最开始我有点放不开，因为玛德琳也在场，不过不一会儿他就叫玛德琳去回房休息，我这才得以毫无保留地发挥。最终等我停下缓口气的时候，他见缝插针，对婚事提出异议，然后扬长而去。我按了铃，吩咐白脱菲尔德斟一杯橘子汁给我。”

我愣住了。“橘子汁？”

“我要压压惊。”

“那就要橘子汁？都到这份儿了？”

“我感到自己需要嘛。”

我耸耸肩膀。“哎，算了。”我说。

当然，这再次证明我那句老话——林子大了什么鸟儿都有。

“说到这儿，我现在挺想来一杯。”

“你手边就是漱口杯。”

“多谢……啊！这才对劲！”

“酒壶就在旁边。”

“不用了，多谢，我知道适可而止。哎，情况就是这样，伯弟。他不准玛德琳嫁给我，不知道有没有法子叫他回心转意。只怕是没有了。你瞧，我不只是骂了他——”

“比如？”

“嗯，虫豸，我记得有这个。好像还有黄鼠狼。是，我确定还骂他是白眼黄鼠狼。不过这些他可能不会计较。真正麻烦的是我嘲笑了他的奶牛盅。”

“奶牛盅！”

我大喊一声。他给我打开了一条新思路，一个想法破土而出。刚才这么一会儿工夫，我集结了伍斯特的全部脑细胞帮我解决这个难题，一般情况下没点线索我是不会罢休的。听他提起奶牛盅，大脑好像突然一个激灵，开始翕动着鼻翼到处探嗅。

“没错。我知道他多么喜爱欣赏这件宝贝，当时正搜肠刮肚想什么带刺的话能伤到他，于是跟他说那是现代荷兰玩意儿。昨天晚餐时我听他的意思是这样最要不得。于是我说：‘你和那十八世纪的奶牛盅！呸！现代荷兰玩意儿！’大概意思吧。这下正中下怀。他脸涨成紫色，宣布婚礼取消。”

“听着，果丝，”我说，“我看有门了。”

他喜形于色，看得出乐观主义苏醒了，蹬了蹬腿。这个粉克-诺透天性乐观。要是诸位记得他对斯诺兹伯里集市文法学校男学生们的演讲，就该知道其主旨是呼吁那帮小鬼头不要沉湎于黑暗面。

“是，我相信有办法了。果丝，你要做的就是去偷走奶牛盅。”

他张开嘴，我以为一句“呃，什么”要冲口而出，可他只咕嘟了几声。

“这是至关重要的第一步。你藏好奶牛盅，然后跟他说东西在你手里：‘你看怎么着吧？’我很有把握，他为了重新得到这只臭奶牛，你说什么是什么。你知道这些收藏家是什么德行，都疯疯癫癫的。就说我汤姆叔叔吧，他为了得到这玩意儿，都准备拿独一无二的厨子阿纳托来作交换。”

“不会是我住在布林克利那会儿的那位吧？”

“可不。”

“整治出阿涅丝·索莱尔nonettes de poulet[1]的那位？”

“正是那个艺术家。”

“你是说，你叔叔为了得到这个奶牛盅，真的打算放弃阿纳托？”

“达丽姑妈亲口告诉我的。”

他深吸一口气。“看来你说得对，这个计策准能解决问题。当然了，咱们得假设沃特金爵士同样看重这玩意儿。”

“他当然看重。是吧，吉夫斯？”我看他正端着白兰地徐徐走进来，于是叫他参谋一下。“沃特金·巴塞特爵士下令取消果丝的婚事，”我解释说，“我刚才跟他分析，要让爵士回心转意，只要把奶牛盅弄到手，不逼得他点头同意就坚决不还。你赞不赞同？”

“毫无疑问，少爷。粉克-诺透先生手中若是握有这件艺术品，便可以随心所欲。少爷英明。”

“谢啦，吉夫斯。嗯，的确不赖，尤其考虑到这是我随机应变拟定的策略，没有反复斟酌过。果丝，我要是你，就马上着手行动。”

“冒昧打扰，少爷。”

“你有话说，吉夫斯？”

1　童子鸡小圆饼。阿涅丝·索莱尔（Agnès Sorel，1421—1450），号称法国历史上第一美女，查理七世的情妇。

“是，少爷。我想说的是，在粉克–诺透先生依计行事之前，还有一个障碍需要克服。”

“是什么？”

“沃特金爵士为了妥善保护其利益，已经派奥茨警官守卫藏品室。”

“什么？”

“正是，少爷。”

果丝脸上的阳光消散了。他发出痛苦的呻吟，很像留声机唱片停转的声音。

“不过我以为，只要略施小计，就可以排除这个障碍。不知少爷是否记得，上次在扎福诺公馆，罗德里克·格罗索普爵士被锁在盆栽棚中，不巧门外有多布森警员把守，因此少爷想解救格罗索普爵士的计划很可能功亏一篑？”

“历历在目，吉夫斯。”

“当时我斗胆建议，不如采用调虎离山之计，传话说其未婚妻——即客厅侍女玛丽希望他到覆盆子树丛中小叙。之后一试之下，证明的确奏效。”

“是，吉夫斯。不过呢，”我怀疑地说，“我看这一着现在派不上用场啊。多布森警官年少气盛、热情浪漫，这种人只要对他说覆盆子丛里有女孩子，他准自动自觉扑进去。尤斯塔斯·奥茨可没有多布森这腔烈火。他一把年纪，看起来像是家庭生活稳定，叫他去喝杯茶还差不多。”

“的确，少爷所言极是，奥茨警官性格较为严肃。不过我只是想借此说明两者道理相同。对于眼前这场危机，只需要设计一个迎合个体心理的诱饵即可。我的建议是由粉克–诺透先生向警官透露说他看见警盔在少爷手中。”

“哎哟，吉夫斯！”

“是，少爷。”

“我懂了。不错，真是呱呱叫。嗯，肯定能成。”

果丝目光呆滞，表明完全摸不清头脑。我一番解释。

“果丝，今天晚上稍早一点的时候，一只神秘的手偷走了这位‘尖头曼’[1]的头盖儿，戳中了他的痛处。吉夫斯的意思是，你去跟他说看见东西在我屋里，他一听说一定会冲上来，像母老虎追寻失踪的虎崽。如此一来，你就可以自由行动啦。这就是你这个主意的精华思想，是不是，吉夫斯？”

“一点不错，少爷。”

果丝面露喜色。“我懂了，是个诡计。”

“没错，是诡计之一，而且一点不赖。干得漂亮，吉夫斯。”

“多谢少爷。”

“准能成，果丝。去告诉他警盔在我这儿，等他连蹦带跳出了门，就偷偷溜到玻璃柜前，一举端下奶牛。步骤简单，小孩子也没问题。不过吉夫斯，唯一的遗憾是这样一来达丽姑妈的机会就泡汤了。真遗憾，这玩意儿居然这么抢手。”

“是，少爷。或许特拉弗斯夫人会从大局出发，看出粉克-诺透先生的需要更为迫切，从而像哲人一般从容面对不如意。”

“或许吧。另一方面呢，或许不会。总之，事已至此。个人利益发生冲突，总得有人抽中短签。”

1　法语：gendarme，意为警察。

“入情入理，少爷。”

“我是说，总不能到处大团圆结局，见者有份吧。”

“不错，少爷。”

“最重要的是把果丝的事儿搞定。快去吧，果丝，愿天道酬勤。”

我点了一支烟。“这个点子真不错，吉夫斯。你是怎么想到的？”

“是警官的话让我生出这个想法，少爷。不久之前我和他聊天的时候从他口中得知，他怀疑偷窃警盔的人是少爷。”

“我？怎么搞的？该死，我又不认识他。我还以为他怀疑的是史呆呢。”

“最初的确是，少爷。他仍然相信幕后主谋是宾小姐，不过现在认为，宾小姐必然有一位男性同伙实施犯罪。据我了解，沃特金爵士也赞同这个猜测。”

我突然想起刚才在书房和巴塞特老爹会面时那几句开场白，现在终于明白了他话里的意思。那些我眼中漫无目的的闲聊，原来是话中有话。本来以为不过是老少二人交头接耳讨论最新的爆炸新闻，原来根本是在试探我或者考验我。

“可他又怎么会认为我是男性同伙？”

“我从警官口中得知，今天下午他在路上遇到少爷时，目睹宾小姐和少爷之间关系融洽；后来在罪案现场发现小姐的手套，疑心就更重了。”

“没听懂，吉夫斯。”

“他相信少爷迷恋着宾小姐，因此将她的手套藏在怀里。”

“藏在怀里又怎么会掉出来？”

“据他猜测，少爷拿出手套放在唇边一吻。”

“得了，吉夫斯。我偷警盔的当儿哪儿有工夫拿出手套放在唇边一吻？”

“显然品克先生是这样做的，少爷。”

我正要跟他解释，在任何情况下都不能把老没品哥的做法和普通正常人混为一谈，后者的大脑可比布谷鸟钟重那么几十克。果丝的重新登场打断了我的话头。从他兴高采烈的态度中就可以看出，一切进展顺利。

“吉夫斯猜得对，伯弟，”他说，“他对尤斯塔斯·奥茨真是了如指掌。”

“听到消息他坐不住了？”

“我第一次见到警察这么心急火燎的样子。他第一个反应就是抛下手头的一切立刻冲上来。”

“怎么不见他？”

“他没办法，因为沃特金爵士吩咐他牢牢看好藏品室。”

我懂得这种心理。就像坚持站在燃烧的甲板上的男孩，虽然其他人都跑光啦。

“那么他接下来的举措是传话给巴塞特老爹，汇报情况，请求准许离开？”

“对。我估计他不出几分钟就会上来找你。”

“那你怎么还在这儿待着？应该在大厅里伺机行动。”

“我马上就去，我这就是来报信的。”

“他一消失你就溜进去。”

“晓得，相信我，不会出岔子。你这个点子太妙了，吉夫斯。”

“多谢先生。”

“你也看得出我是多么如释重负。再过五分钟就天下太平啦。现在呢，我倒有一点点后悔，”果丝一阵沉吟，“我不该把小本子交给那老头子。”

他这句骇人听闻的话说得这么轻描淡写，过了一两秒我才领会。一经领会，我顿觉浑身上下五脏六腑大受震动，仿佛斜倚在电椅上，头头突然下令通了电流。

“你把小本子给他了？”

“是啊，就在他走的那会儿。我想着可能还有几句没骂到的话在里头。”

我支撑不住，忙伸出颤抖的手扶住壁炉架。“吉夫斯！”

“少爷？”

“再去取些白兰地！”

“是，少爷。”

“别一小杯一小杯地分了，那又不是镭。整瓶端来。”

果丝有点讶异地看着我。“不舒服吗，伯弟？”

“不舒服？”我无情地“哼”了一声，“这下完蛋了。”

“什么意思？为什么啊？”

“你还不明白自己干了什么好事？你这笨蛋！现在偷奶牛盅也没用了。要是老巴塞特读了小本子里的内容，无论如何也不会回心转意。”

“怎么不会？”

“唉，斯波德什么反应你也看到了。我看巴塞特老爹对逆耳忠言也不见得喜闻乐见，和斯波德没两样。”

“可他都听过了呀。我跟你说了，我狠批了他一顿。”

“是，不过这总可以解释的：请不要见怪……正在气头上……一时失言……诸如此类的呗。但是，这和条理清晰、日复一日认真记录在小本子里的观点，可完全是两码事。”

看得出他终于开窍了。他脸上又微微泛出青绿色，嘴巴一张一合，像金鱼看到另一条金鱼突然杀出来抢了自己垂涎半天的蚂蚁卵。“天呀！”

“是。”

“怎么办？”

“不知道。”

“快想，伯弟，快想！”

我紧张地想了一想，幸好有了办法。“快告诉我，”我说，“骂架结束时具体是什么情形？你把小本子交给他，他有没有当场翻阅？”

“没，他塞进口袋里了。”

“你确定他还是打算去泡热水澡？”

“对。”

“那么回答我：什么口袋？我是说，什么衣服的口袋？他当时穿着什么？”

“一件晨衣。”

“下面——仔细想好了，粉克-诺透，因为是生是死全看这儿了——是衬衫裤子之类的？”

“是，他穿着裤子，我记得很清楚。”

“这么看来还有希望。他走了以后，一定是回房去褪去衣衫。你说他相当激动？”

“是，特别激动。”

“好。以我对人性的了解，人在情绪激动之下是不会四处晃悠摸着口袋找几个小本子埋头细读的。相反，他扯下衣物，拔腿直奔‘洒了的板’[1]。小本子一定还在他的晨衣口袋里，晨衣呢一定被他撇到床上还是椅子上，你只要溜进他的卧室拿回来就行。”

我料想这番逻辑推理一定会引来欢呼声和衷心感谢，但他却怀疑地踱了几步。

“溜进他的卧室？”

“对。”

“见鬼！”

“怎么了？”

“你确定没有别的办法？”

“当然没有。”

“这样……你替我去好不好，伯弟？”

“不好。”

“许多人就会，为了帮助昔日同窗好友。”

“许多人是个笨蛋。”

“难道你忘了学校里那些可爱的旧时光？”

“忘了。”

“难道你不记得我把最后一块牛奶巧克力分了一半给你？”

“不记得。”

“唉，我记得，你当时跟我说，要是日后有机会报答我……可惜，这些义务，一些人视若神圣的义务，对你来说都没有意

1 法语：salle de bain，意为浴室。

义，那我也多说无益。”

他转悠了一阵，仿佛那只畏首畏尾的猫，然后从胸前口袋里摸出一张玛德琳·巴塞特的六寸照片，专心凝望。这似乎为他提供了必要的动力。只见他双眼放光，金鱼脸的表情也消失了。他迈开大步走出门，但马上又冲回来，重重甩上门。“哎呀，伯弟，斯波德在外面！”

“怎么了？”

“他伸手抓我。”

“伸手抓你？”

我皱了皱眉。我向来有耐心，但也不能欺人太甚。我有点不相信，罗德里克·斯波德听了我那番话之后居然还贼心不死。我走到门前一把拉开。

果丝说得一点不错，他果然潜伏在外面。

一看到我，他有点萎靡。我厉声招呼。“需要我为你做点什么吗，斯波德？”

“不不，没有，谢啦。”

“去吧，果丝。”我站在那里用眼光护送他小心翼翼地绕开这个人形猩猩，消失在走廊尽头，然后转身望着斯波德。

“斯波德，”我平静地说，“我有没有吩咐过你不要打扰果丝？”

他恳切地看着我。“伍斯特，你可不可以开开恩，叫我给他一点点颜色瞧瞧？就算是踢得他脊梁骨蹿出帽子也好。”

“当然不行。”

“那，都听你的，当然了，”他心有不甘地抓了抓腮帮，“你读了小本子没有，伍斯特？”

“没有。”

“他说我的胡子就像厨房洗涤池边上，压扁的蟑螂留下的微微褪色的一抹黑。”

“他一向有点诗人气质。”

“他还说我吃芦笋的样子足以叫人怀疑‘人是万物之灵’的论断。”

“嗯，他跟我说过这句。他说得一点不错，我吃饭的时候也注意到了。斯波德，你以后记着，要轻轻地把这菜送进无底洞，慢着点，别‘啊呜’就是一口。要记得自己是人，不是鲨鱼。”

“哈哈！是人不是鲨鱼，你真有才，伍斯特，太幽默了。”

他呵呵笑个不停，虽然我觉得笑得没什么诚意，这时吉夫斯用托盘端着细颈瓶回来了。

“白兰地，少爷。”

“早该回来了，吉夫斯。”

“是，少爷。再次抱歉，路上耽搁了。因为奥茨警官，我一时无法脱身。”

“哦？又和他聊天来着？”

“与其说是聊天，主要还是止血，少爷。”

“血？”

“是，少爷。警官他遭逢意外。”

我一时的不快一扫而空，取而代之的是实打实的喜悦。托特利庄园的日子练就了我的铁石心肠，人情味也消磨得淡了，因此听到奥茨警官遭逢各种意外，只感到得偿所愿。不错，现在只有一件事能叫我更加心满意足——有人来禀报说沃特金·巴塞特爵士一脚踩到肥皂，在浴缸里来了个四仰八叉。

“怎么回事？”

“他正奋力追赶午夜蟊贼，想夺回对方从沃特金爵士的藏品中偷走的奶牛盅，其间意外遭袭。”

斯波德大喊一声。“奶牛盅被偷了？”

“是，先生。”

很明显，斯波德听到消息大为震动，诸位也许记得，他对奶牛盅从一开始就是宠爱备至，像慈父一般。他没心思聆听细节，拔腿狂奔而去。我带着吉夫斯走回卧室，抓耳挠腮地欲知详情。

“怎么回事，吉夫斯？”

“这，少爷，从警官的口中难以推出连贯的前因后果，不过大略是他越发焦躁不安——”

“无疑是因为他迟迟联系不上巴塞特老爹，因为咱们知道，人家正在泡热水澡，所以没法准许他暂时离岗来这儿搜找警盔。”

“无疑，少爷。焦躁之下，他滋生了一股强烈的愿望，想吸一袋烟。由于不想被发觉在岗位上吸烟袋，考虑到封闭的房间中，烟味定然久久不散，因此他去了花园。”

“这个奥茨脑筋转得够快的。”

“他没有随手关上落地窗。没过多久，室内突然传来一阵声音，吸引了他的注意力。”

“什么样的声音？”

“是鬼鬼祟祟的脚步声，少爷。”

“有人在鬼鬼祟祟地潜行，是吗？”

“正是，少爷。然后是玻璃碎裂的声音。他急忙赶回藏品室，此时室内自然是一团漆黑。”

“为什么？”

“因为他没开灯，少爷。”

我点点头，心领神会。

“沃特金爵士吩咐他要在黑暗中把守，以便给蟊贼造成假象，以为室中空无一人。”

我又点点头。这是个阴招，不过前裁判官有这种想法也是自然而然的。

“他匆忙奔到放奶牛盅的地方，划亮了一根火柴。火光很快熄灭，不过足以让他看出该艺术品已消失得无影无踪。他正思考这下该如何是好，只听到一阵响动，一转身，就看见一个模糊的身影正偷偷越过落地窗。他一路追进花园里，已经追上此人，正要实施逮捕，这时黑暗中蹿出一个模糊的身影——”

“同一个模糊的身影？”

“不，少爷，是另一个。”

“今天晚上模糊的身影好忙啊。”

“是，少爷。”

“不妨叫他们派特和麦克，免得搞混了。”

“或许可以称之为甲和乙，少爷？”

“随你，吉夫斯。你刚才说到他追上了模糊的身影甲，这时模糊的身影乙从黑暗中蹿出来——”

“一拳打在他鼻子上。”

我大喝一声。这下谜团解开了。“老没品哥！”

“正是，少爷。宾小姐应该是一时疏忽，忘记通知他今天晚上行动有变。”

“于是他就藏在那儿等着我。”

“料想如此，少爷。”

我深吸一口气，思绪全围绕着警官受伤的鼻梁。若不是因为那什么来着，我深深地感到那谁说得对，倒霉的便是伯特伦·伍斯特啦。

“这次袭击转移了警官的注意力，他捉拿的对象得以逃脱。”

“没品哥怎么样了？”

“他发现对方的身份后便开口致歉，少爷，然后就离开了。”

“这不怪他，能这么做也不错了。哎，我有点想不通，吉夫斯，关于这个模糊的身影。我指的是模糊的身影甲。能是谁呢？奥茨有什么看法没有？”

“他的看法十分明确，少爷。他深信是少爷你。”

我一愣。“我？怎么这破烂庄园里出了什么破事都算到我头上？”

“并且他打算一得到沃特金爵士的准许，就一同前来搜查少爷的屋子。”

“他本来就要来搜警盔。”

“是，少爷。”

“这下有好戏看了，吉夫斯。看这两个家伙搜来搜去，总是搜不出个名堂，越来越无地自容，肯定很好笑。”

“叫人忍俊不禁，少爷。”

“等搜遍了以后，他们肯定大惑不解，支支吾吾地道歉。到时候我得好好摆摆架子。我要叉起手臂、挺直了腰板——”

外面传来我家亲戚狂奔的急蹄声，达丽姑妈嗖嗖地奔进来。

“给，把这玩意儿藏好，小伯弟。”她上气不接下气，好像胸中挨了一拳。

说着，她就把奶牛盅塞到了我手里。

第十二章

也许诸位还记得，之前在描述沃特金·巴塞特爵士听说要与我结成姻亲时，我说他大受打击之下喉咙里喀喀作响，像濒死的鸭子。现如今我好比是这只鸭子的同胞兄弟，同样受了重创。有那么一会儿，我呆呆地站着，发出微弱的嘎嘎声；之后我拼命积聚意志力，调整情绪，甩开了鸭子模仿。我望着吉夫斯，他也望着我。我口中没言语，全靠眼神传达思想；久经训练的判断力使得他准确无误地读懂了我的意思。

“谢啦，吉夫斯。”

我从他手中接过平底杯，约四分之一两的纯酒精尽数下肚。眩晕感消失后，我把目光转向老亲戚，她此刻正坐在扶手椅里若无其事的。

普遍认为——无论是在鳌斯俱乐部还是别处——伯特伦·伍斯特和异性打交道时向来殷勤有礼；偶有人称他为“完美的骑士”。不错，六岁那年，我的确一时情急，拿着小汤碗对着奶妈的顶髻就是狠狠的一下，不过这次失检是只此一次。打那以后，鲜有男士比我吃过更多的异性的苦头，但我对女士从来连巴掌都没举起过。此时此刻，我只能说，尽管向来以“佩雷”骑士[1]自许，我却险些剑走偏锋，叫我这敬爱的姑妈头上遭那么一下混凝纸大象的一击——这是托特利庄园倥偬人事中壁炉架上唯一逃过一劫的摆设。

正当我胸中剧烈挣扎之时，她却正是无与伦比的欢欣雀跃。她平复了呼吸，开始絮絮念叨起来，那股无忧无虑、兴高采烈的劲儿对我是如同刀割。从她的举止可以看出，她和那位戴蒙如出一辙，不知道自己做了什么好事。

“跑得真痛快，”她说，“上次这么痛快还是参加伯克白金汉球赛呢。从头到尾一停都没停，可谓是英国最佳体育运动的杰出典范。不过伯弟呀，险也是真险。我都能感觉到那警察嘴里的热气喷到我后脖颈上。要不是一伙儿助理牧师突然跳出来，在关键时刻主动伸出援手，那他就逮到我啦。啊，愿上帝保佑我神职人员。多么优秀的团体啊。话说回来，哪儿冒出个警察来？没人跟我提过有警察啊。”

“那是奥茨警官，托特利高地村和平的守卫者。”我一边回答，一边努力克制自己，怕忍不住像爱尔兰女妖一样纵声号叫，蹿上房顶，“沃特金爵士把他分派到藏品室守护自己的财产，他正等着接待我呢。”

“幸好他接待的不是你，不然你一定疲于应付，我可怜的小羊羔。你准得冲昏了头脑，呆立在原地，像个袋熊标本，乖乖等着被逮。不妨告诉你，他突然从窗户冲进来的那一刻，就连我也吓得四肢瘫软。不过总算圆满结局了。”

1　法语：preux chevalier，意为英勇的骑士。

我严肃地摇了摇头。“此言差矣，我误入歧途的老长辈。这不是结局，而是开始。巴塞特老爹马上要铺开天罗地网。”

“随他。”

“就算他和警官一起来搜查这间屋子？”

“他们不可能这么做的。”

“不仅可能，而且一定。首先，他们认为奥茨的警盔在这里。其次，这位警员相信——这是吉夫斯帮他止血时得到的第一手资料，刚才他转述给我的——他追的小贼是我。”

正如我所料，她的欢欣雀跃有所消减。她原本面有得色，现如今得色全无。经过一眨不眨的观察，我发现决心的炽热的光彩已经被审慎的思维盖上了一层灰色。

“嗯。这下可不妙。”

“大大不妙。”

“要是他们在这儿搜到了奶牛盅，可不大好解释。”

她站起身，若有所思地摔碎了大象。“最要紧的，”她说，“是保持冷静。咱们得这么想：‘拿破仑会怎么做？’这小伙儿久经危机的考验，精于此道。咱们得想个特别聪明厉害的办法，叫这两个呆瓜完全摸不着头脑。好了，说吧，有什么建议？我洗耳恭听。”

“我建议你立即撤退，带走那个破奶牛盅。”

“直接撞上楼梯上的纠察队？我看还是算了。吉夫斯，你有什么主意？”

“暂时没有，夫人。”

“能不能立刻找出沃特金爵士什么见不得人的秘密？像对付斯波德那样。”

“不能，夫人。”

“是，我看也没多大指望。那咱们得把这东西藏起来。藏哪儿呢？历来就是这个老问题——谋杀犯日子不好过就为这个——怎么处理尸体。你说《失窃的信》那一套管不管用？”

“特拉弗斯夫人所指的，是已故作家埃德加·爱伦·坡的名篇，少爷，”吉夫斯见我没跟上思路，开口解释道，“其中讲的是一份重要文件失窃，而偷盗者成功逃过警察的搜查，只凭将信件正大光明地摆在信架上。他的理论是，越是显而易见，越是容易被忽略。特拉弗斯夫人无疑是想建议将此盅放在壁炉架上。”

我干巴巴地笑了一声。“瞧瞧壁炉架！像狂风扫过的草原一样一览无余，不管摆什么都得特别扎眼。”

“这倒也是。”达丽姑妈不得不承认。

“把那破玩意儿塞进行李箱，吉夫斯。”

“不行，他们肯定得搜那儿。”

“这只是缓兵之计，”我解释说，“我实在看不下去了，快收起来，吉夫斯。”

“遵命，少爷。”

一时间都没有话说。达丽姑妈率先打破沉默，建议把门堵上，竖起防御工事。这时走廊里突然传来脚步逼近的声音。

“他们来了。”我说。

“似乎很急的样子。”达丽姑妈说。

她说得对，这是奔跑的脚步声。吉夫斯走到门前，向外探望。

“是粉克-诺透先生，少爷。”

接着果丝就奔了进来，速度惊人。

只消一眼，就足以叫这双犀利的眸子看出，他这么疯跑可不只是为了锻炼身体。他的眼镜闪闪发亮，像被追赶的猎物，此外，他的头发也很有几许愤怒的豪猪的意味。

“伯弟，我能不能藏在你这儿，一直等到送奶车出发？”他问道，“床底下就行，不会碍你什么事儿的。”

“怎么了？”

“或者呢，绑床单更好。就它了。”

耳边传来“哼”的一声，像致哀礼炮的轰鸣。达丽姑妈以此说明不欢迎来客。

“快出去，讨厌的粉哥–挠头，”她言简意赅地说，“我们正开会呢。伯弟，要是你对姑妈的意愿还有一分尊重，那就给我狠狠践踏此人，再揪着耳朵扔出去。”

我举起一只手。“且慢，我得弄清楚究竟。果丝，别瞎倒腾床单了。斯波德又开始追你了？真这样的话——”

“不是斯波德，是沃特金爵士。”

达丽姑妈又“哼”了一声，像是为响应热情的群众来了个返场。“伯弟——”

我举起第二只手。“稍等，老亲戚。你说沃特金爵士是什么意思？怎么是沃特金爵士？他干吗要迫害你？”

“他读了小本子。”

“什么？”

“是。”

“伯弟，我不过是个弱女子——”

我举起第三只手。现在哪有工夫听姑妈们说话。“继续，果丝。”我干巴巴地说。

他摘下眼镜，拿着颤抖的手帕擦拭起来。看得出，他是从烈火之炉里爬出来的。“我从这儿走了以后就去了他的卧室，见房门半掩，就溜了进去。可是进去后才发现，原来他没去泡热水澡。他正穿着内衣坐在床上读小本子。他抬起头，我们四目相对。你绝对体会不到我给吓成什么样。”

“不，我深有体会。我曾经有一次相当类似的经历，那是和奥布里·厄普约翰牧师。”

“紧接着是一段长长的、吓人的静默。然后他喉咙里‘喀喀’作响，站起身来，五官扭曲。他朝我扑过来，我拔腿狂奔，他紧追不舍。奔过楼梯时，我们还肩并肩，不分胜负，不过奔过大厅时，他停下脚步去取猎鞭，我才得以遥遥领先，然后……”

“伯弟，”达丽姑妈再次插口，“我不过是个弱女子，但是，要是你还不肯踩死这只害虫把尸首扔出去，那我也只好亲自出手勉力而为。现在最最重大的问题还悬而未决……咱们的行动方案还有待敲定……一分一秒都是无价之宝……他却偏偏跑来历数他的人生经历。粉哥-挠头，你这个可恶的死鱼眼、臭乳酪，你到底是走还是不走？”

我这位老血亲有种叫人无法抗拒的力量，每次爆发起来，通常会叫人乖乖听命。我曾听闻，在她驰骋猎场的岁月中，她有什么心愿，隔着两块耕地、几片矮树林就能达成。最后一个“走”字一出口，如同一颗威力巨大的炮弹，正中果丝眉心，叫他一蹦六英尺高。等他双脚重新着地时，他一脸歉意和讨好。

“是，特拉弗斯夫人。我这就走，特拉弗斯夫人。床单一绑好我就走，特拉弗斯夫人。伯弟，麻烦你和吉夫斯扯着这一头……”

“你想叫他们用床单把你从窗户顺下去？”

“是，特拉弗斯夫人，然后我借伯弟的车开回伦敦。”

“这可够高的。”

“哦，不算很高的，特拉弗斯夫人。”

“你可能要摔断脖子的。”

“哦，我看不会的，特拉弗斯夫人。”

“我是说可能，”达丽姑妈分辩道，“动手吧，伯弟，”她声音里透着真诚的热忱，“别磨蹭。把他顺下去行不行？还等什么呢？”

我转身望着吉夫斯。“准备好了，吉夫斯？”

“是，少爷，”他轻咳一声，“粉克-诺透先生若是开着少爷的车返回伦敦，或许可以捎带一只行李箱，留在公寓里就可以了。”

我目瞪口呆，达丽姑妈也是。我愣愣地看着他，达丽姑妈同上。我们四目相投，我从她的眼中看出惊为天人的敬畏，无疑，她从我的眼中所见略同。

我心服口服。不久之前我还木知木觉，以为怎么也没办法把我拉出火坑，似乎已经听到翅膀拍打的声音[1]。可是现在！

达丽姑妈说到拿破仑的时候，口口声声说他在危机之中十分机灵，但我愿意打赌，就算拿破仑也不可能干得这么漂亮。他再一次——一如既往的——出奇制胜，应该赏一根雪茄，还是椰子来着。

“对呀，吉夫斯，”我有些吃力地说，“没错。他可以的，是不是？”

---

1 出自英国政客、著名演说家约翰·布莱特（John Bright，1811—1889）的名言：“死亡天使在土地上四处飞翔，简直可以听见他拍打翅膀的声音。”

“是，少爷。”

“果丝，你介不介意帮我捎带一只行李箱？既然车借给你开，我就只有搭火车。我明天上午走，拖着一堆行李很不方便。”

“当然。”

“我们先用床单把你顺下去，再把行李箱扔下去。准备就绪，吉夫斯？”

“是，少爷。”

“乖乖起来咯！”

我参加的这个仪式叫相关各方尽数满意，我觉得还是有史以来第一次。床单没断裂，果丝很高兴。没人来打扰，我很高兴。行李箱砸在果丝头上，达丽姑妈很高兴。至于吉夫斯嘛，看得出，这个忠心耿耿之人能凭一己之力拯救小少爷于水火，已然乐不可支。他的人生格言是“服务至上”。

经过刚才这一阵情感波动，我觉得反常的虚弱。达丽姑妈发表了一通震撼人心的演讲，措辞精妙，表达了她对我们这位救命恩人的谢意，然后说她要跑去打探一下敌方阵营有什么动静。我这才如释重负，终于可以瘫进扶手椅里——要是她不走，肯定要无限期地霸占。我一屁股坐在软垫椅面上，从心底里发出一声低低的狼嚎。

“就这么解决了，吉夫斯！”

“是，少爷。”

“你灵活的头脑再次帮咱们转危为安——”

“少爷这样说实在太客气了。”

“不是客气，吉夫斯。我这话，只要是善于思考的人都会说。刚才达丽姑妈说话的时候我没插嘴，因为我看得出她很需要这个发言的机会，不过你要相信，她的每句心声我都在默默赞同。你真是独一无二，吉夫斯。你帽子是什么尺寸？”

“八码，少爷。”

“我还以为会更大呢，十一二码的。”

我来了一杯白兰地，奢侈地让美酒慢慢滑过舌尖。经历了刚才的紧张与压力，能够放松一下真叫人身心舒畅。“哎，吉夫斯，还真是够折腾的，是吧？”

“的确，少爷。”

“我终于有点体会到‘启明星’船长的小女儿是什么滋味了。不过呢，想来各种挑战历练有利于磨炼性格。”

“无疑，少爷。”

“叫人坚强。”

“是，少爷。”

“话虽如此，终于结束了，我可不觉得遗憾。够了就是够了。我能感觉到，现在一切都结束了。这个倒霉的屋子再也搞不出什么花样了。”

“料想如此，少爷。”

“没错，这就结了。托特利庄园弹尽粮绝，咱们终于可以高枕无忧了。可喜可贺啊，吉夫斯。”

“十分可喜可贺，少爷。”

“我敢打赌。继续收拾行李吧，弄完之后我就上床休息。”

他打开小行李箱，我则点了一支烟，开始总结这场愚不可及的荒唐戏中可供吸取的道德意义。

“对，吉夫斯，就是‘可喜可贺’这个词。不久之前，空气里还充满了V形低压，现在左看右看东看西看，天空上是万里无云呀——除了果丝婚礼取消这一件，不过这也无可如何。嗯，这当然是教导咱们——你看是不是——永远不要抱怨，永远不要灰心，永远不要叫咬紧的牙关放松；要时刻记得，无论天空多么阴暗，阳光永远照耀，最终总会穿破云层露出笑脸的。”

我发现自己没有吸引到他的注意力，于是打住了。他正低头看着什么，脸上是一副若有所思的执着表情。

“出什么事了吗，吉夫斯？”

“少爷？”

“你好像心事重重的。”

“是，少爷。我刚刚发现，这只行李箱中有一顶警盔。”

第十三章

我刚才说性格因历练而坚强，真是一点也不错：自从打卡入住沃特金·巴塞特爵士的乡间别墅，我经历的各种荣辱兴衰一点一滴地塑造着我，使我从一个感性的俱乐部常客、“不乐哇儿地爷”[1]，摇身一变而成为铁打的汉子。若是某位初来乍到不了解此间传染病院的情况，毫无防备地收到我刚刚收到的这条消息，估计就要一翻白眼，昏厥在座椅里。但本人呢，一桩接一桩的破事儿已使我变得坚毅强悍，对托特利庄园的生活节奏见惯不惯，因此面不改色地应对困境。

我也不是说自己没有从椅子上一跃而起，像长耳大野兔一屁股坐在仙人掌上。反正我起身后没有浪费时间作无谓的颤抖，而是立即走过去把门锁死。我闭紧嘴唇，一脸苍白地走回吉夫斯身边，他已经把警盔从行李箱里拿了出来，正若有所思地拎着松紧带，任由它荡来荡去。

他一开口我就听出他出发的角度不对。“少爷，也许较为明智的办法，”他口吻中有一丝淡淡的责备，“是选择一个恰当的

1 法语：boulevardier，意为花花公子。

藏匿地点。”

我摇了摇头，也许还笑了一笑——当然是惨笑。敏锐的头脑使我直击问题根本。“不是我，吉夫斯，是史呆。”

“少爷？”

“放警盔的人不是我，而是史呆·宾。她本来放在自己的卧室里，因为担心被搜，上次见她的时候，她正想着什么地方更安全。看来这就是她的结论了。”

我叹了口气。“你说女孩家的怎么会有史呆这种心态，吉夫斯？”

“这位年轻小姐行为举止的确出人意料，少爷。”

“出人意料？她就算直接住进科尔尼精神病院，谁也不会多问一句，他们保准铺上红毯欢迎。我越想这个小虾米，就越胆战心惊，窥想一下日后，就忍不住浑身发抖。这个现实不得不面对，吉夫斯——史呆这个从衬底往外纯粹是软垫病室的料，马上要嫁给哈·品克牧师，这位老兄呢，也是进圣餐的人里头数一数二的笨坯，并且想来——这个现实也得面对——这二位的结合也不愁收不到祝福。这就是说，不消多久，家里就会有小脚丫啪嗒来啪嗒去。令人犯寻思的是，靠近这些脚的主人是否有性命之忧？假设——这个假设也是迫不得已——他们继承了这一对父母共同的疯傻劲儿。吉夫斯啊，我就是怀着一种亲切的同情设想奶妈呀，女教师呀，私校老师呀，公学老师啊，什么的，他们掉以轻心地承担了照看史黛芬妮·宾和哈罗德·品克混合体的责任，殊不知要面对的可比烫山芋还要烫手。不过呢，”我话锋一转，停止了推想，“这个话题虽然叫人着迷，但和正题却完全不贴边。咱们得心系警盔，时刻不忘奥茨加巴塞特喜剧二人组随时可能过来搜查。你有什么建议？”

“令人颇费踌躇，少爷。此物体积不小，一时想不出切实可行的藏匿地点。”

“是。这破玩意儿差不多占了满屋子，啊？”

“毋庸置疑，十分引人注目，少爷。”

“是。官爷们可谓费尽心思，才给奥茨警官打造了这顶警盔。他们旨在为他营造一个令人瞩目的形象，不能让他顶在头上像顶了一粒花生米呀。他们成功了，这么个头盖儿，连密不透风的森林都藏不下。哎，好吧，”我说，“咱们也只有随机应变以礼相待啦。不知道这两位老兄什么时候来呢？我看是不一会儿的事儿。啊！要是猜得不错，这就是末日之手了，吉夫斯。”

我以为这个拍板的，也就是刚刚拍板门的这位是沃特金·巴塞特爵士，但我猜错了。门外传来的是史呆的声音。

“伯弟，让我进来。”

虽然我此刻最巴不得见的人就是她，但我并没有立刻敞开大门。谨慎起见，我先盘查一番。“你带着那只臭狗没有？”

“没有。管家带它出去遛了。”

“那你可以进来。”

等她进来就会发现伯特伦叉着双臂，冷冷地和她对质。可她似乎没注意到我令人生畏的仪态。

“伯弟亲爱的——”

一声野兽的咆哮从伍斯特唇间清晰地传出，将她的话拦腰截断。“少来什么‘伯弟亲爱的’。我只有一句话要问你，小史呆，听好了：把警盔放在我行李箱里的人是不是你？”

“自然是我。我来就是为了跟你说这事儿。还记得吧，我当时在想什么地方合适，颇有点绞尽脑汁，最后突然有了。”

“于是我可有了。”

我尖刻的语调似乎让她很诧异。她用女孩子特有的好奇目光打量我——杏眼圆睁那种。

“你不会介意的吧，伯弟亲爱的？”

“哼！”

“可为什么呀？我还以为你很乐意帮我一把呢。”

“哦，是吗？”我故意话中带刺。

“要是沃特金舅舅在我屋里搜出来，这个险我可冒不起。”

“你宁可叫他在我屋里搜出来？”

“他怎么会？他不会搜你的屋子。”

“不会吗，嗯？”

“当然不会，你是他的客人嘛。”

“你以为凭这个就能叫他手下留情？”我又露出一个苦涩而嘲讽的笑，“我看你是给这个老毒菌凭空安上了美好的情操和主人家的好客，可从记录来看他是一点也不具有。相信我，他千真万确是要搜这间屋子，至于他怎么现在还没来，我猜只有一个原因，那就是他正满屋子搜寻果丝呢。”

“果丝？”

“他正举着猎鞭追果丝，不过他总不会没完没了地追下去，迟早还是要放弃的；那之后他就会大驾光临，配备着放大镜和警犬。”

她终于认识到情况的严峻程度。她沮丧地尖叫了一声，眼睛瞪得有铜铃大小。“呀，伯弟！我怕是给你惹了个麻烦。”

“这句话涵盖了全部事实，像防尘罩。”

“我很后悔当初叫哈罗德去偷这个玩意儿。我错了，我承认。但就算沃特金舅舅在你屋里搜到了，也没什么大不了的，是吧？”

“吉夫斯，你都听到了？”

“是，少爷。”

“谢了，吉夫斯。你凭什么以为我会乖乖担了罪名，而不会叫真相大白于天下？”

我以为她的眼睛已经睁得不能再圆，但眼看着是更圆了。她又沮丧地尖叫了一声。说起来，其音量之大，足以称之为尖吼。

“可是伯弟！”

“怎么？”

“伯弟，听我说！”

“我听着呢。”

“你自然肯背这个黑锅吧？总不能叫哈罗德受罚呀。你今天下午还跟我说他会被褫夺法衣的。我不能看着他被褫夺法衣。要是他被褫夺法衣，以后可怎么是好？这种事儿让助理牧师摊上，名声就毁了。你就说是你做的不行吗？左右不过是被踢出大门，而且我看你也不怎么热心想待下去，是不是？”

“可能你还不知道，你那位可恶的舅舅打算把这起罪案的行凶者送去拘留所。”

“嗨，不会的，最坏也就是罚款。”

“才不是，他特别强调是拘留所。”

“他说说而已，我猜他眼里……”

“不，没有闪过一丝慧黠的光。”

“那就更不行了，我怎么能让我的宝贝安琪儿哈罗德去蹲号子？”

“那你的宝贝安琪儿伯特伦呢？”

“可哈罗德很娇弱的。”

“我也很娇弱呀。”

“可哈罗德比你娇弱一倍呢。伯弟，你不会这么不通情达理吧？你心肠最好了。你有一次跟我说过，伍斯特家训是‘决不辜负兄弟’，不是吗？”

她说到了点子上。只要是拿“伍斯特家训”说情的人，很少不会触动伯特伦的心弦。我的钢铁前线[1]开始崩溃。

“你说得倒好听——”

“伯弟亲爱的！”

“是，我知道，可是该死的——”

“伯弟！”

“哎，好吧！”

“你愿意背这个黑锅？”

“大概吧。”

她欣喜若狂地唱起了约德尔山歌，我看要不是自己横跨一步，她就要扑过来抱住我的脖子了，反正她倾过身子似乎就是抱着类似的目的。被我敏捷的脚法挫败之后，她就随随便便地比画了几步迎春舞，她好像特别着迷这个。

“谢谢你啦，伯弟亲爱的。我就知道你很好心。我的感激、崇拜之情真的无法言表，你叫我想起卡特・帕特森……不对，不是这个……尼克・卡特……不，也不是尼克・卡特……吉夫斯，

1　1931年由德国社会民主党成立的反纳粹组织。

伍斯特先生叫我想起谁？”

“西德尼·卡顿[1]，小姐。”

“对了，就是西德尼·卡顿，不过他和你比起来是小巫见大巫。而且呢，我看咱们也犯不着瞎担心。干吗非得以为沃特金舅舅一搜就能搜到警盔？能藏的地方不下一百处呢。”

我刚要说“说三处来听听”她就单足旋转到了门口，又单足旋转着出了门。我听到她渐渐走远，嘴里还哼着歌。

至于我的嘴，则扯出一个苦笑。我转向吉夫斯。“女人啊，吉夫斯！”

“是，少爷。”

“哎，吉夫斯，”我的手不由自主地伸向细颈瓶，“这下完蛋了！”

“未必，少爷。”

我吓了一大跳，上下鞋帮儿险些分家。“没完蛋？”

“没有，少爷。”

“你是说你有主意了？”

“是，少爷。”

“你刚才还说没有呢。”

“是，少爷。不过我略略思考了一番，现在可以说句‘尤里卡’了。”

“说句什么？”

“尤里卡，少爷，像阿基米德那样。”

1　卡特·帕特森（Carter Paterson），成立于1860年的英国运输公司；尼克·卡特（Nick Carter），虚构的著名私家侦探；西德尼·卡顿（Sidney Carton），《双城记》人物，顶替女主角的丈夫、法国贵族走上断头台。

"尤里卡是他说的？我还以为是莎士比亚呢。"

"不，少爷，是阿基米德。我的建议是将警盔扔出窗外。沃特金爵士应该不会想到搜查室外，我们可以在方便的时候取回来。"他打住了，仔细听着动静，"若是少爷首肯这个建议，我认为尽快行动较为妥帖。我似乎听到了脚步逼近的声音。"

他说得对，空气里回响着沉重的脚步声。假设不是一群野牛奔走在托特利庄园二层走廊上，那就是兵临城下了。我快如闪电，如同羊群中的羊羔发现亚述人[1]迫近，抓起警盔，奔到窗前，手一松，它就消失在夜色中。我还没来得及缓口气，门就开了，只见来者是——按顺序排列：达丽姑妈，她一脸好笑纵容的表情，好像为了逗孩子开心来做游戏；巴塞特老爹，他身着一袭紫色晨衣；奥茨警官，他正拿着手绢抹鼻子。

"不好意思打扰你了，伯弟。"我的老亲戚彬彬有礼地说。

"哪儿的事，"我同样客客气气地回敬，"我能为群众们做点什么？"

"沃特金爵士不知怎么突然异想天开，说要搜你的屋子。"

"搜我的屋子？"

"我要边边角角搜个遍。"老巴塞特说，一副勃舍街的架势。

我望着达丽姑妈，扬起眉毛。"我不明白。到底怎么回事？"

她宽和地笑了。"你大概不信，伯弟，不过他认为奶牛盅在你这里。"

"那东西丢了吗？"

1 指拜伦（1788—1824）《西拿基立的覆灭》（*The Destruction of Sennacherib*，1815）中的"亚述人来了，像狼扑群羊"一句（杨德豫译）。

“被偷了。”

“不是吧！”

“对。”

“啧啧啧。”

“他很激动不安。”

“想来也是。”

“大为苦恼。”

“可怜的老伙计！”

我友善地伸出手搭在巴塞特老爹的肩膀上。事后想来，这么做大概不妥，因为并没有达到预期的安抚效果。

“你不用替我难过，伍斯特先生，而且希望你不要用‘伙计’来称呼我。我有确凿的理由相信，不仅奶牛盅在你手里，而且奥茨警官的警盔也在。”

这里似乎需要加入一声大笑。我照做了。“哈哈！”

达丽姑妈立即响应。“哈哈！”

“真是好笑！”

“荒唐！”

“我拿奶牛盅有什么用？”

“还有警盔？”

“可不。”

“你什么时候听说过这种怪念头？”

“从来没有。亲爱的主人，”我说，“咱们先冷静下来，把事情一五一十说清楚。我这完全是好心好意地提醒你，你可是濒临丢人现眼的边缘了，这是说还没掉下去的话。这种事可要不得，你明白的。怎么能到处乱给人家安莫须有的罪名，还无缘无故的。”

“我自然有充分的理由，伍斯特先生。”

“那只是你的想法而已，并且我要声明，你毕生的大错就此酿成。你那个现代荷兰小玩意儿什么时候失窃的？”

他闻言一阵哆嗦，鼻尖变得粉扑扑的。“那不是什么现代荷兰玩意儿！”

“嗯，这一点咱们以后再讨论。关键是，那东西什么时候被带离此地的？”

“东西并没有被带离此地。”

“这个嘛，也只是你的想法而已。好吧，什么时候被盗的？”

“大约二十分钟前。”

“那就结了。二十分钟前我就在卧室里待着。”

他吃了一惊，和我预料的一模一样。“你在卧室里？”

“在卧室里。”

“一个人吗？”

“恰恰相反。吉夫斯也在。”

“吉夫斯是谁？”

“你不认得吉夫斯？这位就是吉夫斯。吉夫斯……沃特金·巴塞特爵士。”

“那么你又是做什么的，我的好先生？”

“他就是做这个的，我的好帮手先生。可不可以说是我的得力助手？”

“多谢少爷。”

“不客气，吉夫斯，你当之无愧。”

巴塞特老爹的面孔扭曲了——如果他这副面孔还可以再扭曲的话——露出一个狞笑。“抱歉，伍斯特先生，我怕是不能接受你的男仆毫无根据的证词来作为确凿的证据以便证明你的清白。”

“毫无根据，啊？吉夫斯，去传唤斯波德先生过来。跟他说我需要他过来给我的不在场证明加点根据。”

“遵命，少爷。”

他化作一道闪光而去。巴塞特老爹好像给什么又硬又扎的东西噎到了。

“罗德里克·斯波德也在？”

“当然了。也许你会相信他的话吧？”

“是，罗德里克·斯波德我是相信的。”

“那就好。他一会儿就来了。”

他似乎沉思起来。“这样啊。这么看来我想错了，奶牛盅不是你偷的。一定是别人了。”

“要我说，是外部作案。”达丽姑妈说。

“很可能是国际犯罪团伙干的。”我大胆一猜。

“看起来很像。”

“我估计呢，沃特金爵士买下这东西的消息传得人尽皆知，记得原本汤姆叔叔是要买的，无疑他说给了好多人听。这风声走漏到国际犯罪团伙那里也用不了多久。他们耳目很灵通的。”

“这些团伙呀，狡猾得要命。”我的老亲戚表示赞同。

巴塞特老爹听我提起汤姆叔叔的时候面部肌肉好像抽搐了一下。无疑是内疚之情在作祟——啮咬其良知，这是内疚之情的一贯作风。

“好啦，这个问题不必讨论下去了，”他说，“至于奶牛盅，我承认你的证据很可靠。现在来说奥茨警官的警盔。这一点，伍斯特先生，我可以肯定，东西就在你手中。”

“哦，是吗？”

“不错。警官从一位人证那里得到了确切消息。因此，我要立即开始搜查你的卧室。”

“你真这么打算？”

“不错。”

我耸了耸肩。“那好，”我说，“那好啊。要是你认为地主之谊是这么个尽法，那就请便吧。咱们欢迎检查。我只能说，你对于让客人如何享受周末的见解似乎异常独到。以后别指望我再度光临。”

之前跟吉夫斯说过，冷眼旁观这个呆瓜和他的同伙搜来搜去的，肯定是出好戏，果然如此。我感觉以前从来没什么事叫我这么结结实实地开心过。可惜，好戏终究要收场。大概十分钟后，这两只警犬就明显决定到此为止，要卷铺盖了。

巴塞特老爹放弃了努力，转身对着我。要说他此时一脸不爽，可有点轻描淡写。“看来我应该向你致歉，伍斯特先生。”他说。

“沃·巴塞特爵士，”我答辩道，“这句话再诚实不过了。”

我叉起双臂，挺直了腰板，叫他尝尝我的厉害。

很遗憾，这篇慷慨陈词的具体内容我已经记不得了。真可惜当时屋里没人速记下来，因为我可以毫不夸张地说，这次完全超越了自我。之前有过那么一两次，在盛宴上、狂欢会上多喝了几杯，我口若悬河，且不管是对是错，总之是赢得了螽斯俱乐部的阵阵喝彩。但我想，这次是完全飞升到了新的高度。看得出，老巴塞特的底气汩汩地泄了出来。

等我进入尾声的时候，却突然发现自己失掉了吸引力。他不再听我演讲，而是盯着我视野以外的什么东西。从他的表情来看，此物似乎有极大的观赏价值，导致我也转过身瞄了一眼。

叫沃特金·巴塞特爵士这么目不转睛的对象正是管家。他站在门口，右手举着一只银制浅盘。而浅盘上盛放的，正是一只警盔。

第十四章

我记得，老没品哥·品克在牛津生涯进入尾声的时期，常去伦敦不太好对付的区域从事社会服务，他曾跟我说起某天下午在贝思纳尔格林传播光明时，出其不意地被一个沿街吆喝的小贩一脚踢中腹部。他颇为详细地为我描述了当时的感受。他说自己产生了一种梦幻般的奇妙感觉，同时又有种异样的幻觉，仿佛走进了一片浓雾。之所以在此提起这件事，是因为此时此刻我的感受不可思议地与此类同。

诸位也许记得，上次见到这位管家，他是来告诉我，玛德琳·巴塞特说我若能抽空去见她，她将不胜感激；当时我提到他在摇曳闪烁。现在我眼前的管家不再摇曳闪烁，而是类似一团起伏的雾气，约略有些管家的形状在其中振动。然后我突然清醒过来，终于可以留意一下其余各位的反应。

大伙都激动不已。巴塞特老爹让我想起上学时抄了五十次的那首诗的作者（因为我为英国文学课引进了一只小白鼠），“有如观象家发现了新的星座”，而达丽姑妈和奥茨警官分别“像科尔特斯凝视着太平洋，而他的同伙在惊讶的揣测中彼此观看，尽站在达利安高峰上沉默”[1]。

过了相当长的一阵子，大伙才作出反应。突然间，伴随着一声哽咽的呼声，如同母亲看到失散已久的孩子出现在不远处，奥茨警官一个俯冲，一把夺过头盖儿，紧紧搂在怀里，兴奋之情溢于言表。

这个动作似乎打破了咒语。老巴塞特活了过来，仿佛有人按动了按钮。“哪里——哪里得来的，白脱菲尔德？”

“是在花圃里捡到的，老爷。”

“花圃？”

“怪事，”我说，“真蹊跷。”

“是，老爷。我正在为宾小姐遛狗，刚好从屋子这边经过，就看到伍斯特先生从窗口往下面扔东西。东西掉在了花圃里，仔细一看，原来是这个警盔。”

老巴塞特深吸一口气。“谢了，白脱菲尔德。”

管家一阵风似的走了。老巴绕着轴心一转，把目光对准我，夹鼻眼镜闪闪发亮。

“如此么！”他说。

话说每当有人说“如此么”，我总是想不出什么有力的反诘。于是我明智地三缄其口。

“肯定是误会，”达丽姑妈英勇无畏地接口，这种精神跟她实在很配，“估计是从别的窗口扔出去的。夜里这么暗，很容易弄混的。”

“咄！”

---

1 济慈著名的十四行诗《初读贾浦曼译荷马有感》（*On First Looking into Chapman's Homer*，1816），主人公引述的内容略有改动（穆旦译）。

“又或者是他在说谎。没错，这个解释很说得通。我看我是琢磨明白了。你这位白脱菲尔德就是罪魁祸首。他偷了警盔，知道咱们要展开搜捕，眼看要败露，于是决定铤而走险，干脆嫁祸给伯弟。啊，伯弟？”

“我看是合情合理，姑妈，的确合情合理。”

“不错，事情经过肯定是这样。现在越想越清楚。这些外表像圣徒似的管家一丝一毫都信不得。”

“一丝一毫都不行。”

“我就记得这家伙贼眉鼠眼的。”

“我也是。”

“你也注意到了，是吧？”

“一打眼的事儿。”

“看到他，我就想起穆加特罗伊德。你还记得布林克利的穆加特罗伊德吧，伯弟？”

“波默罗伊之前那个胖乎乎的家伙？”

“就是他。光看脸，完全是正派得超乎寻常的主教。这张脸哪，把咱们都骗了，让人毫无保留地信任他。结果呢？这家伙偷了一只煎鱼锅铲，送去当掉了，拿钱赌狗全给挥霍了。这个白脱菲尔德就是另一个穆加特罗伊德。”

“估计有点亲戚关系。”

“是我也不奇怪。好了，既然一切都有了满意的解释，伯弟名誉上毫无瑕疵，本案驳回，那咱们不如回房休息吧。时候不早了，我要是睡不饱八小时的美容觉，明儿就见不得人啦。”

她为这场面营造了如此欢聚一堂的祥和气氛，一片真心的“休再提他”，但令人震惊的是，老巴塞特可不这么看。他立即奏响了刺耳的音符。

“特拉弗斯夫人，你认为有人说谎，这个理论我完全赞同。至于你认为说谎的人是我的管家，我却有争议。伍斯特先生未免太聪明了一点，足智多谋——”

“啊，多谢。”

“——但只怕我不能驳回本案，并如你所言，承认他名誉上毫无瑕疵。事实上，不妨直话直说，我根本不打算驳回此案。”

他给了我一个夹鼻眼镜待遇，冷冷的充满威胁。我还从没见过这么叫我不喜欢的表情。

“伍斯特先生，也许你还记得，在书房会面的时候，我告诉过你，我认为事态极其严重。你认为罚金五镑足矣，援引的前例是我在勃舍街法庭上对你类似罪行的判决，对于这个观点，我声明不可接受。我向你保证道，这个肆意袭击奥茨警官的凶犯一旦落网，就将被判处监禁。我现在也没有理由推翻这个决定。”

这番声明收到的反响两极分化。尤斯塔斯·奥茨明显支持。他从警盔上抬起头，迅速地给了一个鼓励的微笑，我猜要不是纪律严格约束，他还要来一句：“说得好！”而达丽姑妈和我呢，则很不高兴。

“哎，得了，我说沃特金爵士，真的假的，见鬼，”她谆谆劝诫，氏族利益可能受到威胁时，她总是相当警觉，“你可不能这么做。”

“夫人，我不仅能，而且会。”他朝着尤斯塔斯·奥茨的方向抖了抖手，“警官！”

他并没有说“给我逮捕此人”或者“履行你的职责”，不过对方已经领会了要义。他热情洋溢地迈开笨拙的步子，我满以为他要伸手按在我肩上，或者亮出枷锁扣在我手腕上，不过没有。他只是和我站成一条线，好像要和我唱双簧似的，脸鼓鼓的。

达丽姑妈继续动之以情晓之以理。“你怎么能前脚把人家请进门，一等他迈进门槛，就不动声色地把人关进铁窗呢？如果这就是格洛斯特郡的待客之道，那老天保佑格洛斯特郡。”

“伍斯特先生不是我请来的，他是小女的客人。”

“这有什么区别？你别想就这么推得一干二净。他就是你的客人，吃过你府上的油盐酱醋。既然说到这儿，不妨提一句，今天晚上汤里的盐放得也太多了。”

“哦？你觉得多？”我接口道，“我觉得刚刚好。”

“不对，太咸了。”

巴塞特老爹从中斡旋。“对于厨子的不足之处，我必须表示歉意。可能我不久就要进行人事调整。同时呢，回来说咱们的主要问题。伍斯特先生被捕了，明天我将采取必要措施——”

“那今天晚上怎么办？”

“村里有一间警局，虽然小，但设施俱全，由奥茨警官负责管理。想必奥茨可以安排他的住宿问题。”

“难不成你要把这可怜的小伙儿拽到警局去？这么大半夜的。至少给他找张像样的床吧。”

“是，我对此倒没有反对意见，秉公办事也不必过分严酷。伍斯特先生，你可以在这间屋子里一直待到明天。”

“哦，多谢了。”

“我会把门锁上——”

“哦，那成。”

“亲自保管钥匙——”

“哦，自然。”

“今晚就由奥茨警官在窗外巡逻。”

“爵四？”

“以防伍斯特先生故技重施，从窗口往外扔东西。奥茨，你还是立即到岗最好。”

“遵命，爵四。”

他的声音里透着一丝无言的哀痛，很明显，他观察事态发展时的那股得意劲儿已经消失殆尽，似乎他对睡饱八小时的看法和达丽姑妈雷同。他难过地告退，有点郁郁地走了。他的警盔虽然失而复得，但看得出，他开始怀疑有了警盔是否等于有了一切。

“现在呢，特拉弗斯夫人，我有句话，可以的话，希望和你私下谈谈。”

他们抽身离去，只剩下我一个人。

不妨大方地承认，我听着钥匙在锁孔里转动，着实有一点心酸。另一方面呢，我终于可以在卧室里独处几分钟，这感觉也不错，可惜代价是我深陷所谓的“非法拘禁”，脱身的希望又不大。

当然了，这对我也算不上什么新鲜事。上次在勃舍街，我已经听过牢房外铁栅栏的啷当。但那次我总算能为自己打打气，心里想着最差也不过是听法官席上一顿警告，虽然最后的实际结果是钱夹子吃了一记。今时不同往日，我面临的是早上醒来就要到狱中服满三十日有期徒刑，并且极有可能享受不到早上那杯茶了。

虽然知道自己无辜，但这也于事无补。即便史呆·宾把我看作西德尼·卡顿，我也没觉得老怀大慰。我不认识这位仁兄，看起来他是为某个姑娘甘愿吃了哑巴亏，在我心里，这就足以封他为百年难得一见的蠢驴。西德尼·卡顿和伯特伦·伍斯特，我看是半斤八两。西德尼，傻瓜一个；伯特伦，同上。

我走到窗前，向外望去。我想起奥茨警官，他得知自己今天要值夜班的时候表现出闷闷不乐的厌恶情绪，于是暗暗希望他等上头转移视线以后，大概会弃之不顾，回去睡他的美容觉。可惜没有。他正沿着草坪左右巡逻，简直是警心涤虑的写照。

我走到盥洗盆架旁边，准备拿块香皂打他，觉得这样大概有利于抚慰自己受伤的灵魂，这时只听到门把手嘎吱转动。

我大步迈过去，把嘴贴在木板门上。“谁？”

“是我，少爷，吉夫斯。”

“哦，嗨，吉夫斯。”

“门好像锁上了，少爷。”

“相信我，吉夫斯，表象诚不欺人。是巴塞特老爹锁上的，他还把钥匙也揣走了。”

“少爷？”

“我给逮住了。”

“真的，少爷？”

“什么？”

“我说：‘真的，少爷？’”

“啊，是吗？对，是真的。原因我这就告诉你。”

我对事情的“不来细”[1]作了一番介绍，虽然有门隔在中间，听得不太清楚，但我相信我的叙述引来了几许礼貌的“啧啧”声。

“十分不幸，少爷。”

1　法语：précis，意为概要。

“太倒霉了。好了，吉夫斯，你有什么消息？”

“我四处寻找斯波德先生，不过他去庭院散步了。相信他不久就会回来。”

“哎，现在也不需要他了。事态进展太快，现在离斯波德能派上用场那会儿已经差了十万八千里。你那边还有什么别的动静没有？”

“我和宾小姐聊过两句，少爷。”

“我也很乐意跟她聊两句。她有什么话说？”

“小姐情绪相当低落，她和品克牧师先生的婚约已经由沃特金爵士做主解除了。”

“天哪，吉夫斯！怎么回事？”

“沃特金爵士似乎迁怒于品克先生，因为窃取奶牛盅的梁上君子在他手下溜走了。”

“你怎么说是‘君子’呢？”

“出于谨慎起见，少爷。隔墙有耳。”

“你的意思我懂了。很机智，吉夫斯。”

“多谢少爷。”

我思考了一下最新情况。格洛斯特郡这晚上的确有不少抽痛的心。我感到一阵惋惜之情。虽然我沦为目前的境遇全拜史呆所赐，但我很希望这个小疯子一切顺利，在她遭殃的时刻，很为她哀悼。

“这么说，他拆散了史呆这一对外加果丝那一对？这老头儿今天晚上还真是没轻折腾啊，吉夫斯。”

“是，少爷。”

“而且依我看来，咱们也束手无策。你看有什么计策没有？”

“没有，少爷。”

“再转到事情的另一个层面，你手头有什么办法帮我脱身没有？”

“计划尚不周详，少爷。有一点头绪，还需要反复斟酌。”

“好好地酌，吉夫斯，要不遗余力。”

“目前只是一团混沌罢了。”

“你还是要巧计取胜，是不是？”

“是，少爷。”

我摇摇头。当然，这属于浪费时间，因为他又看不见。但我还是摇了。“现在别走什么微妙曲折的路线，吉夫斯，咱们下手要快。我刚刚想到一件事，咱们刚才还说罗德里克·格罗索普爵士被囚禁在盆栽棚里，而多布森警员看守着各处出口。你记不记得斯托克老爹提了什么解决办法？”

“如果记得不错，少爷，斯托克先生建议对警官进行身体攻击。‘拿铁锹拍他脑袋！’我记得这是他当时的措辞。”

“不错，吉夫斯，一个字也不差。虽然咱们当时一致否决，但我现在想想，他倒是展示出一定的狠辣的判断力。这些白手起家的商人讲求实际，总能避开细枝末节，直奔目标。奥茨警官现在正在我窗户下面放哨。我这里还有绑好的床单，完全可以系到床脚什么的。所以呢，你只要去借一柄铁锹，过去……”

“少爷，我只怕……”

“得了，吉夫斯，这时候别来什么nolle prosequi。我知道你喜欢用巧计，但你也得知道，现在巧计完全派不上用场。此时此刻，只有铁锹才能帮上咱们。你可以过去假意跟他聊天，把工具掩藏在背后，等到对方的心理防线……”

“打扰一下，少爷。我听到有人来了。”

“哦，你考虑一下我的话。是谁来了？”

“是沃特金爵士和特拉弗斯夫人，少爷。他们可能要进屋叙话。”

“我就知道，这屋子容不得我自己享受多久。算了，让他们进来吧。咱们伍斯特随时欢迎来客。”

不一会儿门开了，进来的却只有我家亲戚一人。她直奔熟悉的扶手椅，重重地瘫了下去。她形容肃穆，不像是来宣布巴塞特老爹经过理智的考量决定还我自由。但她如果不是为宣布这条消息而来，那才是见鬼了。

“哎，伯弟，”她沉思默想了片刻后开口道，“你继续收拾行李吧。”

“啊？”

“他撤回原判了。”

“撤回原判？”

“对，他决定不起诉。”

“你是说，我不会被送去拘留所了？”

“不错。”

“我像空气一样自由了？”

“对。”

我忙着兴高采烈，过了好一会儿才发现，我表演的踢踏独舞并没有得到老嫡亲的煽动助兴。她还在维持着肃穆的坐姿，我有点责备地看着她。“你好像不大满意。”

“啊，我高兴着呢。”

“我可看不出什么迹象，”我冷冷地说，“我还以为侄子不用上绞刑台，这是打个比方啊，会换来一点欢欣雀跃呢。”

她忍不住长长地叹了口气。“哎，问题是，伯弟呀，还有个条件。这个无耻老儿开了个价。”

“什么价？”

“他要阿纳托。”

我愣愣地看着她。“要阿纳托？”

“对。这就是你自由的代价。他说如果能得到阿纳托，就同意不起诉。这个可恶的勒索犯！”

一阵痛苦的抽搐扭曲了她的五官。就在不久之前，她还高声歌颂并全力支持勒索，不过要想体味勒索的真正乐趣，需得站对方向。作为被动接受者，而不是主动施与者，这位夫人痛苦万分。

我自己也很不痛快。作为故事的叙述者，我曾时不时地抒发过自己对阿纳托的感想。他是位无可超越的艺术家。诸位应该记得，我这位亲戚讲过，沃特金·巴塞特爵士在布林克利庄园逗留期间如何卑鄙地想把阿纳托挖走，当时我听在耳中，三魂差点丢了七魄。

当然，从来没有品尝过这位神厨手艺的人一定很难理解，他的烤肉啦炖菜啦对于享受过的食客是如何一等一的重要。我只能这样形容：一旦尝过一口他的菜肴，你就会生出一种感觉，认为若无法继续狼吞虎咽，生活将了无诗意、毫无生趣。想到达丽姑妈为了侄儿免受牢狱之苦而情愿牺牲这位奇人，我不禁深受触动，惶恐不安。

我从来没有这样彻底地感动过。我望着她，眼前雾蒙蒙的。她叫我想到西德尼·卡顿。“你真的打算为了我放弃阿纳托？”我一阵哽咽。

“自然。”

“自然个头！这种事我决不能允许。”

“可你也不能进监狱呀。”

“我当然能。如果我进去意味着那位绝妙的大师会继续在自家灶台上劳作。对老巴塞特的要求，理也别理。”

“伯弟！你这可是真心话？”

“当然真。三十天的二等牢房待遇算得了什么？小菜一碟。我闭着眼睛都行。看他巴塞特还有什么花样。另外，”我声音柔和了一点，“等我刑满释放重获自由之时，让阿纳托施展绝活吧。一个月的面包清水稀粥，也不知那种地方还提供什么伙食，我一定食欲大增。在我重返人间的那一晚，希望能享受一桌流传千古的美味。”

“包你满意。”

“咱们不如马上就列个单子。”

“现在正是时候。第一道：鱼子酱。要么罗马甜瓜？”

“外加罗马甜瓜。跟着是一道提神滋补的汤。”

“清汤还是浓汤？”

“清汤。”

“你不会是忘了阿纳托的西葫芦花浓汤吧？”

“片刻也忘不了。可他的清炖爱之果汤[1]呢？”

“也许你说得有理。”

“我想是。我觉着是。”

“那我还是留给你点吧。”

1 “爱之果”，即西红柿。

“明智之举。”

我取来纸笔，约十分钟后，准备宣布结果。“这就是我理想的菜单，”我说，“但额外的增添视我在牢房的灵感而定。”

宣读内容如下：

晚餐

鲜鱼子酱

罗马甜瓜

清炖爱之果汤

龙虾奶油精灵

小公爵黑椒蜜汁烤薯翅

密斯丹盖龙须菜芽

香槟奶油鹅肝

阿尔卑斯山珍珠雪

图卢兹小牛杂馅饼

苦苣香芹沙拉

乌珠木布丁

牧羊人之星

本笃会僧白甜酒

尼禄火焰冰淇淋

什锦蜜饯

巧克力小魔鬼

果盘

“差不多全了吧，姑妈？”

“是，你还真没漏下什么。”

“那咱们就叫他进来藐视他。巴塞特！”我大喊。

“巴塞特！”达丽姑妈怒吼。

“巴塞特！”我一声咆哮，响彻云霄。

他奔进门的时候云霄还在响。只见他一脸气恼。“见鬼了，你这么喊我干什么？”

“啊，你来了，巴塞特，”我立刻进入正题，“巴塞特，我们藐视你。”

他明显大吃一惊，并向达丽姑妈投去一个不解的眼神，似乎觉得伯特伦在打哑谜。

“他指的是你开的那个愚蠢的条件，”我这亲戚解释道，“只要我让出阿纳托，你就放了他。我还从没听过这么愚蠢的想法。我们着实笑了个够，是不是，伯弟？”

“肚皮都笑破了。”我应和道。

他愣住了。“你是说你们不答应？”

“我们当然不答应。我了解我的侄儿。为了贪图安逸，宁可叫姑妈家承受伤心和丧亲之痛，这种事他一刻也不会考虑。咱们伍斯特不是这种人，是吧，伯弟？”

“要我说可不是。”

“他们不会把自己摆在第一位。”

“可以打赌。”

“我压根不该跟他提这个交换条件，简直是侮辱了他。我向你赔礼道歉，伯弟。”

“别往心里去，我的亲姑妈。”

她紧紧攥住我的手。“晚安，伯弟，再见——应该说‘喔喝无哇喝’[1]。咱们后会有期。”

“绝对的，等到雏菊开遍田野那一天[2]，也可能更早。”

“对了，你是不是忘了地中海茴香小圆饼？”

“是呀。还有希腊烤羊柳配莴苣。麻烦补在案情记录上吧。”

她走了，跨过门槛时回眸一瞥，眼神中写满了爱慕崇敬。之后是一阵短暂的——我这边厢是倨傲的——沉默。过了一会儿，巴塞特老爹勉强开了口，声音不怀好意。

“这么说，伍斯特先生，你似乎终究要为自己的愚蠢付出代价。”

“是吧。”

“我要说的是，之前允许你今天晚上在我的屋檐下度过，但我改变了主意。你得去警局。”

“这是报复，巴塞特。”

“绝对不是。我只是想，不应该为了你的方便，而剥夺奥茨警官得来不易的休息时间。我这就叫人去传他。”他打开门，“你，过来！”

这么跟吉夫斯说话可是大大的不妥，但这位老实人似乎并未介意。

“爵士？”

“你去屋子外面的草坪上找奥茨警官，带他过来。”

“遵命，爵士。我想斯波德先生有话想对爵士说。”

“啊？”

---

1 法语：au revoir，意为再见。

2 歌曲名，一战期间曾印成明信片，意指战争结束之时。

“斯波德先生。他正沿着走廊走过来。”

老巴塞特走回屋子里，似乎不大高兴。“罗德里克怎么这个时候还来打搅我，”他大发牢骚，“我就想不出他找我能有什么事。”

我浅笑一声。这么讽刺，我有点好笑。“他来呢——未免太迟了——是要告诉你，奶牛盅被偷的那会儿他正和我说话，从而证明我的无罪。”

“这样啊。是，你说得对，他来迟了。我得跟他解释一下……啊，罗德里克。”

罗·斯波德巨人般的身影出现在门口。

“进来，罗德里克，快进来。其实你不用担心，好伙计。伍斯特先生已经提供了充分的证据，表明他和奶牛盅失窃的事毫无干系。你来见我就是为了这件事吧？”

“嗯，呃，不是。”罗德里克·斯波德回答。

他的表情很不自然。只见他眼神呆滞，并且在那种型号的玩意儿还可以被捋的范围内，捋着那撇八字胡。他似乎有什么棘手的任务，正在给自己打气。

“嗯，呃，不是，”他说，“情况是这样的。我听说出了点小麻烦，因为我从奥茨警官那儿偷的那个警盔。”

大家震惊得说不出话来。老巴塞特眼直了。我眼也直了。罗德里克·斯波德继续捋他的八字胡。

“我做了件傻事，”他说，“现在我意识到了。我，呃，感到一股抑制不住的冲动。这是时有发生的，是吧？还记得吧，我说过当年在牛津的时候就偷过一顶警盔。我本来不想声张的，不过伍斯特的下人告诉我说，你以为是伍斯特做的，所以我只好过来告诉你一声。我说完了，现在要回去休息了，”罗德里克·斯波德说，“晚安。”

他踱着方步走了。我们继续震惊得说不出话来。

我估计比此时此刻的沃特金·巴塞特爵士更颜面扫地的人是大有人在，虽然我是没见过。他的鼻尖红得发亮，夹鼻眼镜耷拉在母体鼻梁上，呈四十五度角。虽然自打相识伊始，此人就坚持不懈地打压我，但我居然有点同情这个可怜的老头儿。

“呃嗯——”他终于打破沉默。他和声带作了一阵子斗争，似乎那玩意儿打结了，“看来我应该向你赔礼道歉，伍斯特先生。”

“不必多言，巴塞特。”

“很抱歉发生了这种事。”

“别提他了。既然已经证明我是无辜的，这才是最重要的。我现在大概可以自由出入了吧？”

“哦，自然，自然。晚安，伍斯特先生。”

“晚安，巴塞特。我想也不用我多说什么，总之我希望你能从中吸取教训。”

我淡淡地一点头，打发了他，然后陷入了冥思苦想。刚才这事儿真叫我摸不着头脑。我采用奥茨警官久经试炼的寻找动机大法，但不得不承认，我给难倒了。只有一个可能：西德尼·卡顿精神再次迸发了。

突然间，如闪电划过，我眼前一亮。“吉夫斯！”

“少爷？”

“是不是你安排的？”

“少爷？”

“别‘少爷’个没完了，你明白我的意思。是不是你怂恿斯波德背了这黑锅？”

我说不上他露出了微笑——他几乎从来不笑——不过他嘴角后部的肌肉似乎的确微微动了一下。

“是我擅自做主，建议斯波德先生宽大为怀，担下这一罪名。我的论据是，如此他不仅可以使少爷免于不快，而且于自身也毫无损害。我向他指出，沃特金爵士既然和他姑妈订下婚约，总不至于将对少爷的处罚施加在他身上。一位先生断不会送未婚妻的侄甥进监狱的。”

“太有道理了，吉夫斯。可我还是不明白，难道他立刻就答应了，毫无怨言？”

“并非毫无怨言，少爷。坦白承认，最初，他表现出一定的抗拒情绪。我想我之所以能影响他最终的决定，是因为我对他说，我知道——”

我忍不住喊了一声：“优拉丽？”

“正是，少爷。”

我突然生出一种强烈的渴望，想把这个优拉丽弄个一清二楚。“吉夫斯，告诉我，斯波德究竟把这丫头怎么了？灭口了？”

“只怕我无权透露，少爷。”

“得了，吉夫斯。”

“恕我做不到，少爷。”

我只好放弃。“哎，那算了。”

我开始剥去衣衫，爬进睡衣裤，钻到床上。床单绑得乱七八糟，我发现必须缩在毯子中间睡下，不过这么将就一晚也无所谓。

事发如此突然，我若有所思。我抱着膝盖坐在床上，思考着命运的瞬息万变。“人生真是难以捉摸，吉夫斯。”

“的确令人捉摸不透，少爷。”

“总叫人猜不着自己的境遇，是吧？举个简单的例子吧。半小时以前，我根本想不到自己会穿着睡衣舒舒服服地坐在床上，看着你收拾行李，准备溜之大吉。那时候等着我的可是另一番光景。”

“是，少爷。”

“甚至可以说，我中了毒咒。”

“的确可以，少爷。”

“可是现在呢，倒可以说我的烦恼全部消失了，像那什么上的露珠。多亏了你呀。”

“能为少爷效劳，我十分有幸。”

“你这次办事立竿见影，可比之前哪一次都漂亮。不过吉夫斯，还有一桩麻烦。”

“少爷？”

“真希望你别老是‘少爷’个没完。我只是想说，吉夫斯啊，这庄园里几颗相爱的心被拆散，现在还散着呢。我可能是好好的——我的确是，不过果丝可不是。还有史呆。这就是美中不足的地方，所谓药膏里的苍蝇。”

“是，少爷。”

“不过说到这里呢，我从来不明白，为什么药膏里不能有苍蝇。它们碍着什么事了？”

“我在想，少爷——”

“说吧，吉夫斯。”

“我只是询问一下，少爷是否打算起诉沃特金爵士，状告他在人证面前非法拘捕及损害名誉罪？”

“这我可没想过。你觉得够告他的？”

“毫无疑问，少爷。特拉弗斯夫人和我本人都可以提供压倒性证据，少爷绝对有把握向沃特金爵士申索高额赔偿金。”

“嗯，想必你说得有理。怪不得斯波德出场那会儿他简直暴跳如雷的。”

“是，少爷。他精通法理，自然对这个危险有所预见。”

“我还没见过谁的鼻子红成这样的。你呢？”

“没有，少爷。”

“不过呢，继续折磨他也不大像话。我其实并不想把这老头儿踩在脚底下碾个稀碎。”

“我不过是在想，如果少爷以提起诉讼作为威胁，沃特金爵士为了免生事端，也许会考虑答允成全巴塞特小姐和粉克-诺透先生以及宾小姐和品克牧师先生。”

“哎呀，吉夫斯！咱们反咬他一口，啊？”

“正是，少爷。”

“咱们得即刻行动。”

我跳下床，奔到门口。“巴塞特！”我扯着嗓子喊。

并没有收到立刻的回复。估计他已经遁回老窝去了。我坚持不辍，以固定的频率呼喊“巴塞特”，并不断提高音量，几分钟后，我听到远处脚步“吧嗒”的声音，他出现了，不过这次和之前的态度可有天壤之别。这一回他好像是侍从匆匆来应铃。

“是，伍斯特先生？”

我领着他进了屋，自己又跳上床。

“你有事要跟我说吗，伍斯特先生？”

“我有若干件事情要跟你说，巴塞特，不过暂时只挑一件。你知不知道自己刚愎自用，怂恿警察们将我拘捕并锁在屋子里，这已经构成了一项——什么罪来着，吉夫斯？”

“在人证面前非法拘捕及损害名誉罪。”

“就是这宝贝。我可以跟你索要几百万呢。你看怎么办？”

他一阵扭动，像电扇似的。

“我来告诉你该怎么办，”我接着说，“你得同意你女儿玛德琳和奥古斯都·粉克-诺透的婚事，还有你外甥女史黛芬妮和哈·品克牧师的。而且现在就得办。”

他体内似乎挣扎了片刻。本来可能还要挣扎上一会儿，不过他对上了我的目光。“我答应，伍斯特先生。”

“至于奶牛盅嘛，偷东西的国际犯罪团伙极有可能会转手卖给我汤姆叔叔。他们肯定通过地下信息渠道得知汤姆叔叔这个买主。巴塞特，要是你某一天在他的藏品里看到这只奶牛盅，你一声也不许吭。”

“我答应，伍斯特先生。”

“还有一件事。你欠我五镑。”

“抱歉？”

“这是偿还你在勃舍街罚我的。得在我动身之前还给我。”

“我明天早上会开张支票给你。”

“放在早餐餐盘上就行。晚安，巴塞特。”

“晚安，伍斯特先生。那是不是白兰地？我想喝一杯，希望你不介意吧。”

“吉夫斯，给沃特金·巴塞特爵士斟一杯。”

“遵命，少爷。”

他感恩地一饮而尽，然后晃晃悠悠地走了。其实他人可能不错，只是相处不深。

吉夫斯打破了沉默。“行李整理好了，少爷。”

“好。那我就躺下了。把窗户打开，好不好？”

“遵命，少爷。”

“今晚夜色好吗？”

“阴晴不定，少爷。现在外面下雨了，雨势很急。”

窗外传来“阿嚏”一声。

“咦，吉夫斯，是谁？外面有人吗？”

“是奥茨警官，少爷。”

“你是说他还在站岗？”

“不错，少爷。想来是沃特金爵士忙于其他事务，忘记传话给他，叫他不必在外面看守了。”

我心满意足地叹了口气。这样一来，我这一天就圆满了。想到奥茨警官在雨中逡巡，像米甸的军队，而不能舒舒服服地躺在床上，在热水袋上捂着粉红的脚趾，我不由感到一种奇妙的甜滋滋的幸福。

“完美的一天就这么结束了，吉夫斯。你那句形容云雀的话怎么说来着？”

“少爷？”

“好像还有蜗牛。”

“哦，是，少爷。岁在新春，日值清晨，旭日东升，山坡一片晶莹——”

“云雀呢，吉夫斯？蜗牛呢？我清楚地记得有这两样。”

“马上就说到云雀和蜗牛了，少爷。云雀展翅高空，蜗牛静卧荆丛——”

“就是这句。结尾呢？”

“帝则安居行宫，世上万事升平。”

“总结得真精辟。我怎么也说不了这么好。不过吉夫斯，还有一件事。你不如一起告诉我吧，关于优拉丽的秘密。”

“只怕少爷……”

“我会保守秘密的。你知道我，一向守口如瓶。”

“少爷，少年伽倪墨得斯的规矩极其严格。”

“我知道，不过你总可以通融一下的。”

“对不起，少爷——”

我作了一个艰巨的决定。“吉夫斯，”我说，“只要你告诉我，我就答应和你去坐环球邮轮。”

他动摇了。“这，少爷，此事绝对不能外传——”

“当然。”

“少爷，斯波德先生嗜好设计女士内衣，并且相当有天赋，已经秘密从事了若干年。他在邦德街上开了一间店铺，身兼店长及业主，店名为‘优拉丽姐妹’[1]。”

“真的假的？”

“千真万确，少爷。”

“天呀，吉夫斯！怪不得他不想走漏风声呢。”

“不错，少爷。此事无疑有损他在同僚面前的威信。”

“不能又当成功的大独裁者，又设计女士内衣呀。”

1 原为法文（Eulalie Sœurs），优拉丽是法国民间故事中的美女。

“不错，少爷。”

“只能选一样，二者不可兼得。”

“正是，少爷。”

我一阵琢磨。“这也算值了，吉夫斯，不然有这事儿悬着，我肯定睡不着。也许邮轮也没有那么讨厌？”

“大部分先生都乐在其中，少爷。”

“是吗？”

“是，少爷。可以结识新面孔。”

“那倒是。这我可没想过。那些面孔都是新的，是吧？成千上万的人，唯独没有史呆。”

“正是，少爷。”

“那你明天买票吧。”

“票已经买妥了，少爷。少爷晚安。”

门合上了。我关了灯，静静地听了一会儿奥茨警官均匀整齐的脚步声，心里想着果丝和玛德琳·巴塞特这一对，还有史呆和老没品哥·品克那一对，想到他们现在的甜蜜日子又美得冒泡了。我又想到汤姆叔叔从达丽姑妈手里接过奶牛盅，达丽姑妈抓住心理上的适当瞬间，哄他给《香闺》开一笔数值不菲的支票。吉夫斯说得对，我心里想。蜗牛展翅高空，云雀静卧荆丛——好像说反了——帝则安居行宫，世上万事升平。

不一会儿，眼皮合上了，肌肉放松了，呼吸变得轻柔而均匀。睡眠，把忧虑的什么什么起来的睡眠[1]，如同一波治愈的海浪向我聚拢而来。

---

1 《麦克白》第二幕第二场：“把忧虑的乱丝编织起来的睡眠。”朱生豪译。

马上扫二维码，关注**“熊猫君”**

和千万读者一起成长吧！

图书在版编目（CIP）数据

万能管家吉夫斯. 5，伍斯特家训 / (英) P.G.伍德豪斯(P. G. Wodehouse) 著 ; 王林园译. -- 南京 : 江苏凤凰文艺出版社, 2018.9

（读客外国小说文库）

书名原文: The Code of the Woosters

ISBN 978-7-5594-2608-6

Ⅰ. ①万… Ⅱ. ①P… ②王… Ⅲ. ①长篇小说—英国—现代 Ⅳ. ①I561.45

中国版本图书馆CIP数据核字（2018）第171795号

THE CODE OF THE WOOSTERS by P.G. WODEHOUSE

First published in the United Kingdom in 1938 by Herbert Jenkins Ltd.
This edition arranged with ROGERS, COLERIDGE & WHITE LTD(RCW)
through BIG APPLE AGENCY, LABUAN, MALAYSIA.

图字：10-2018-152号

书　　名　万能管家吉夫斯. 5，伍斯特家训

著　　者　（英）P.G.伍德豪斯
译　　者　王林园
责任编辑　丁小卉　姚　丽
特邀编辑　顾珍奇　刘　雨
责任监制　刘　巍　江伟明
策　　划　读客文化
版　　权　读客文化
封面设计　读客文化　021-33608311
出版发行　江苏凤凰文艺出版社
出版社地址　南京市中央路165号，邮编：210009
出版社网址　http://www.jswenyi.com
印　　刷　三河市龙大印装有限公司
开　　本　890mm x 1270mm　1/32
印　　张　8.75
字　　数　186千
版　　次　2018年9月第1版　2018年9月第1次印刷
标准书号　ISBN 978-7-5594-2608-6
定　　价　42.00元

如有印刷、装订质量问题，请致电010-87681002（免费更换，邮寄到付）